林贤治 主编

百年中篇典藏

小二黑结婚

赵树理 著

南方出版传媒

花城出版社

中国·广州

图书在版编目（ＣＩＰ）数据

小二黑结婚 / 赵树理著. -- 广州 : 花城出版社,
2021.3
（百年中篇典藏 / 林贤治主编）
ISBN 978-7-5360-9103-0

Ⅰ. ①小… Ⅱ. ①赵… Ⅲ. ①中篇小说－小说集－中
国－当代 Ⅳ. ①I247.5

中国版本图书馆CIP数据核字(2020)第226120号

出 版 人：肖延兵
丛书策划：张　懿
出版统筹：邹蔚昀
责任编辑：陈诗泳
技术编辑：凌春梅
装帧设计：林露茜

书　　名	小二黑结婚	
	XIAO ER HEI JIE HUN	
出版发行	花城出版社	
	（广州市环市东路水荫路 11 号）	
经　　销	全国新华书店	
印　　刷	恒美印务（广州）有限公司	
	（广州南沙经济技术开发区环市大道南路 334 号）	
开　　本	880 毫米×1230 毫米　32 开	
印　　张	5.25　2 插页	
字　　数	115,000 字	
版　　次	2021 年 3 月第 1 版　2021 年 3 月第 1 次印刷	
定　　价	49.80 元	

如发现印装质量问题，请直接与印刷厂联系调换。
购书热线：020－37604658　37602954
花城出版社网站：http://www.fcph.com.cn

总序

林贤治

中国新文学从产生之日起，便带上世界主义的性质。这不只在于由文言到白话的转变，重要的是文学观念的革新。从此，出现了新的文体，新的主题，新的场景、人物和故事，于是一个新的文学时代开始了。

以文体论，所谓"文学革命"最早从诗和散文开始。小说是后发的，先是短篇，后是中篇和长篇，作者也日渐增多起来。由于五四的风气所致，早期小说的题材多囿于知识人的家庭冲突和感情生活；继"畸零人"之后，社会底层多种小人物出现了，广大农民的命运悲剧与农村中的阶级斗争进而廓张了小说的疆域，随后，城市工人与市民生活也相继进入了小说家的视野。小说以它的叙事性、故事性，先天地具有一种大众文化的要素，比较诗和散文，影响更为迅捷和深广。

从小说的长度看，中篇介于短篇与长篇之间，但也因此兼具了两者的优长。由于具有相当的体量，中篇小说可以容纳更多的社会内容；又由于结构不太复杂而易于经营，所以，自二十世纪二十年代以来，小说家多有中篇制作。论成就，或许略逊于长篇，但胜于短篇是肯定的。

1

一九二二年，鲁迅在报上连载《阿Q正传》。这是新文学运动发生以后的第一个中篇小说，在革命的大背景下，为国人的灵魂造像；形式之新，寓意之深，辉煌了整个文坛。阿Q，作为一个典型人物，相当于塞万提斯笔下的堂·吉诃德，在中国，为广大的人们所熟知，他的"精神胜利法"成了民族的寓言。在二十年代，创造社和文学研究会的作家创作颇丰，中篇小说作家有郁达夫、废名、许地山、茅盾，以及沅君、庐隐、丁玲等。郁达夫在五四文学中享有盛名。他的小说，最早创造了"零余者"的形象，其中自我暴露、性描写，在当时是惊世骇俗的，虽然有颓废的倾向，却不无反封建的进步的意义。《迷羊》《她是一个弱女子》是他的代表性作品，打着时代特有的个性主义和人道主义的双重烙印。在丁玲的《莎菲女士的日记》中，作为刚刚觉醒的女性主义者，追求个性解放和自由恋爱的莎菲女士，结果陷入歧路彷徨、无从选择的困局之中，表现了一代五四新女性所面临的新观念与旧事物相冲突的尴尬处境。继鲁迅之后，一批"乡土作家"如台静农、蹇先艾、许钦文、王鲁彦等崛起文坛，是当时的一个突出的文学现象。但是佳作不多，中篇绝少。

毕竟是新文学的发轫期，二十世纪二十年代的小说大多流于粗浅，至三十年代，作家队伍迅速扩大，而且明显地变得成熟起来。有三种文学，其中一种是所谓"民族主义文学""三民主义文学"；另一种与官方文学相对立，在当时声势颇大，称为"左翼文学"。以"左联"为中心，小说作家有茅盾、柔石、蒋光慈、叶紫、张天翼、丁玲，外围有影响的还有萧军、萧红等。其中，中篇如《林家铺子》《二月》《丽莎的哀怨》

《星》《八月的乡村》《生死场》，都是有影响的作品。茅盾素喜取景历史的大框架，早期较重人物的生理和心理描写，有点自然主义的味道，后来有更多的理性介入，重社会分析。中篇《林家铺子》讲述杭嘉湖地区一个小店铺老板苦苦挣扎，终于破产的故事。同《春蚕》诸篇一起，展开二十世纪三十年代民族危难、民生凋敝的广阔的社会图景。《二月》是柔石的一部诗意作品。小说在一个江南小镇中引出陶岚的爱情，文嫂的悲剧，和一个交头接耳、光怪陆离而又死气沉沉的社会。最后，主人公萧涧秋在流言的打击下，黯然离开小镇。作者以工妙的技巧，揭示了知识分子在残酷的现实生活中进退失据的精神状态。诗人蒋光慈的小说《丽莎的哀怨》《冲出云围的月亮》发表后，受到左翼作家的批判，影响轰动一时。其实"革命+恋爱"的创作模式，并不能遮掩小说所展露的人性的光辉。特别在充斥着"左"倾教条主义政治话语的语境中，作者执着于对"人"的描写，对人性与环境的真实性呈现，是极为难得的。萧军和萧红是东北流亡作家，作品充满着一种家国之痛。《八月的乡村》以场景的连缀，展示了与日本和伪满洲国军队战斗的全貌。《生死场》超越民族和国家的限界，着眼于土地和人的生存。"在乡村，人和动物一起忙着生，忙着死"，是贯穿全篇的主旋律。小说有着深厚的人本主义的内涵，带有启蒙的意义。

此外，还有一种文学，来自一批自由派作家，独立的作家，难以归类的作家。如老舍、巴金、沈从文等，在艺术上，有着更为自觉的追求。像沈从文的《边城》《长河》，就没有左翼作品那种强烈的阶级意识。沈从文自称"是个不想明白道理却永远为现象所倾心的人"。他倾情于"永远的湘西",着意于表现自然之美与野蛮的力,叙述是沉静的,描写是细致的,一些残酷的血腥的故事,在他的笔下,也都往往转换成文化的美,诗意的美,而非伦理的美。巴金早期的小说颇具政治色彩,如《灭亡》;而《憩园》,则是一种挽歌调子,很个人化的。施蛰存等一批上海作家是另一种面貌,他们颇受西方现代派文学的影响,从事实验性写作。不过,值得指出的是,左翼作家是一批青年叛逆者,敢于正视现实、反抗黑暗;其中有些作品虽然因意识形态的影响而在一定程度上削弱了艺术的力量,但是仍然不失为当时最为坚实锋锐的文学,是五四的"人的文学"的合理的延伸。

整个二十世纪四十年代动荡不安。这时,除了早年成名的作家遗下一些创作外,新进的作家作品不多,突出的有张爱玲的《金锁记》和路翎的《饥饿的郭素娥》。张爱玲善于观察和描写人性幽暗的一面,《金锁记》可谓代表作。路翎的《饥饿的郭素娥》何尝不是写人性,却是张扬的、光明的、美善的。在劳动妇女郭素娥的身上,不无精神奴役的创伤,却更多地表现出了与命运抗争的顽强的生命力。延安文学开拓出另一片天地:清新、简朴、颂歌式。丁玲的《在医院中》《我在霞村的时候》,以及赵树理的《小二黑结婚》《李有才板话》,形态很不相同,但在文学史上都有着全新的意义。在丁玲这里,明显地带有五四时期的个人主义和女性主义的残留,所以当时遭到不合理的批判。赵树理的小说,可以说专写农村和农民,但不同于此前知识分子作家的乡土小说,强调的不是苦难,而是新生的活力和希望。语言形式是民族的、传统的,结合现代小说的元素，有个人的创造性，但无疑地更加切合时代的需要。所以，周扬高度评价赵树理的作品，称为"新文艺的方向"。

一九四九年以后，中国有了统一的文坛。从五十年代初期的文艺整风开始，多种政治运动接连不断，对作家的思想、个性和创造力造成了不同程度的损害。比如对萧也牧的《我们夫妇之间》的批判，以及随后对路翎入朝创作的《洼地上的"战役"》等小说的批判，都在小说界产生了直接的消极影响。

二十世纪五六十年代的中短篇小说颇为寥落。少数青年作者带有锐意的作品，如王蒙的《组织部来了个年轻人》，较早表现反官僚主义的主题。小说也许受到来自苏联的"写真实""干预生活"等理论和作品的影响，但是作者无意模仿，这里是来自五十年代中国的真实生活，和一个"少布"的理想激情的历史性相遇。它的出现，本是文学话语，通过政治解读遂成为"毒草"，二十年后同众多杂草一起，作为"重放的鲜花"傲然出现。老作家孙犁以一贯的诗性笔调写农业合作化运动，自然被"边缘化"；赵树理一直注目于农村中的"中间人物"，却在一九六二年著名的"大连会议"之后为激进的批判家所抛弃。"文革"十年，文坛荒废，荆棘遍地；所谓"迷阳聊饰大田荒"，甚至连迷阳也没有。

"文革"结束以后，地下水喷出了地面。以短篇小说《伤痕》为标志的一种暴露性文学出现了，此时，一批带有创伤记忆的中篇如《天云山传奇》《犯人李铜钟的故事》《大墙下的红玉兰》《绿化树》《一个冬天的童话》《被爱情遗忘的角落》等同时问世。《绿化树》叙写的是右派章永璘被流放到西北劳改农场的经历，是张贤亮描写中国知识分子历史命运的一部力作。与其他"大墙文学"不同的是，作者突出地写了食和性。通过对主人公一系列忏悔、内疚、自省等心理活动的描写，对饥饿包括性饥饿的剖视，真实地再现了特定年代中的知识分子的苦难生活。作者还创作了系列类似的小说，名为"唯物论者的启示录"，对一代知识分子命运作了深入的反思。张弦的小说，妇女形象的描写集中而出色。《被爱情遗忘的角落》《未亡人》《挣不断的红丝线》，其中的女性，无论在农村还是城市，无论是少女还是寡妇，都是生活中的弱势者，极"左"路线下的不幸者、失败者和牺牲者。驰骋文坛的，除了伤痕累累的老作家之外，又多出一支以知青作家为代表的新军，作品有张承志的《北方的河》《黑骏马》，王小波的《黄金时代》，阿城的《棋王》等。或者表达青年一代被劫夺的苦痛，或者表现为对土地和人民的皈依，都是去除了"瞒和骗"的写真实的作品。这时，关注现实生活的小说多起来了。无论是蒋子龙的《乔厂长上任记》、高晓声的《陈奂生上城》，还是谌容的《人到中年》、路遥的《人生》，都着意表现中国社会的困境，不曾回避转型时期的问题。《人到中年》通过中年眼科大夫陆文婷因工作和家庭负担过重，积劳成疾，濒临死亡的故事，揭示中国知识分子的生存现状，可谓切中时弊。小说创造了陆文婷这个悲剧性的英雄形象，富于艺术感染力，一经发表，立即引起社会的巨大反响。

二十世纪八十年代初期中国作家非常活跃，带来中篇小说空前的繁荣。这时，出现了重在人性表现的另类作品，如汪曾祺的《受戒》《大淖记事》，张洁的《爱，是不能忘记的》，还有史铁生的《关于詹牧师的报告文学》《命若琴弦》等，显示了创作的多元化倾向。汪曾祺的小说创作起步于二十世纪四十年代，却因时代的劫难，空置几十年之后，终至大器晚成。他自称是"一个中国式的抒情的人道主义者"，小说多叙民间故事，十足的中国风。《大淖记事》乃短篇连缀，散文化、抒情性，气象阔大，尺幅千里，在他的作品中是有代表性的。

八十年代中期，"思想解放运动"落潮，美学热、文化热兴起。在文学界，"寻根文学""先锋小说"应运而生。"寻根"本是现实问题的深化，然而，"寻"的结果，往往"超时代"，脱离现实政治。王安忆的《小鲍庄》，以多元的叙述视角，通过对淮北一个小村庄几户人家的命运，尤其是捞渣之死的描写，剖析了传统乡村的文化心理结构，内含对国民性及现实生活的双面批判，是其中少有的佳作。"先锋小说"在叙事上丰富了中国小说，但是由于欠缺坚实的人生体验，大体浅尝辄止，成就不大，有不少西方现代主义的赝品。

至九十年代，中篇小说创作进入低落、平稳的状态。这时，作家或者倡言"新写实主义"，"分享艰难"，或者标榜"个人化叙事"，暴露私隐。无论回归正统还是偏离正统，都意味着文学进入了一个思想淡出、收敛锋芒的时期。王朔是一个异类，嘲弄一切，否弃一切；他的作品，容易让人想起鲁迅的名文《流氓的变迁》，却也不失其解构的意义。这时，有不少作家致力于历史题材的书写或改写，莫言的《红高粱》写抗战时期的民众抗争，格非的《迷舟》写北伐战事，从叙述学的角度看，明显是另辟蹊径的。苏童的《妻妾成群》，写的是大家族的妇女生活。在大宅门内，正妻看透世事，转而信佛；

小妾却互相倾轧，死的死，疯的疯。这些女人，都需要依附主子而活，互相迫害成为常态，不失为一个古老的男权社会的象征。尤凤伟的《小灯》和林白的《回廊之椅》写历史运动，视角不同，笔调也很不一样。尤凤伟重写实，重细节，笔力雄健；林白则往往避实就虚，描写多带诗性，比较丁玲的《太阳照在桑干河上》和周立波的《暴风骤雨》等经典作品，却都是带有颠覆性的叙述。贾平凹有一个关于土匪生活的系列中篇，艺术上很有特色。现实题材中，余华的《许三观卖血记》，刘庆邦的《到城里去》，迟子建的《世界上所有的夜晚》，胡学文的乡土故事和徐则臣的北漂系列，多向写出"新时期"的种种窘态。钟求是的《谢雨的大学》，解析当代英雄，包括大学教育体制，是一个值得注意的作品。关于官场、矿区、下岗工人、性工作者，现代化、城市化过程中的一些重大的社会事件和现象，都在中篇创作中有所反映，但大多显得简单粗糙，质量不高。

　　一百年来，经过时间的淘洗，积累了一批具有经典性、代表性的中篇小说。"百年中篇典藏"按现代到当代的不同时段，从中遴选出二十四部作品，同时选入相关的其他中短篇乃至散文、评论若干一起出版。宗旨是，使读者对具体的作家、作品，乃至一百年来中篇小说创作的源流状貌有一个较为完整的了解。

赵树理

赵树理（1906—1970），出生于山西省沁水县尉迟村一个有宗教关系的下中农兼手工业者家庭。

1925年，赵树理考入山西省立第叮师范。他在这里首次接触到西方文学和五四新文学，并于1927年加入中国共产党。1928年初，赵树理开始在太原、长治、沁心、河南等地长达十年的漂泊生活。其间，他经常关注左翼文艺运动并开始从事与左翼文学风格相近的文学创作。1934年前后，开始尝试为占中国人口大多数的农民而创作。

抗战爆发后，赵树理开始创作大量配合抗战工作而又短小精悍、通俗易懂的农民文学作品。1943年5月，他完成《小二黑结婚》，经杨献珍推荐、彭德怀为之题词后，同年9月由华北新华书店出版。同年10月，创作《李有材板话》。

中华人民共和国成立后，赵树理创作了《登记》《三里湾》《锻炼锻炼》《灵泉洞》等重要作品。"文革"期间，赵树理遭到迫害。1970年9月23日凌晨含冤逝世。

与夫人合影

抗战时期在太行山

与劳模郭玉恩在一起

20世纪60年代的赵树理

《小二黑结婚》

赵树理手稿

《小二黑结婚》插图

《李有才板话》

《李有才板话》插图

目录

小二黑结婚

赵树理

一、神仙的忌讳

刘家峻有两个神仙：一个是前庄上的二孔明，一个是后庄上的三仙姑。二孔明也叫二诸葛，原来叫刘修德，当年作过生意，抬脚动手都要论一论阴阳八卦、看一看黄道黑道。三仙姑是后庄于福的老婆，每月初一十五都要顶着红布摇摇摆摆装扮天神。

二孔明忌讳"不宜栽种"，三仙姑忌讳"米烂了"。这里边有两个小故事：有一年春天大旱，直到阴历五月初三才下了四指雨。初四那天大家都抢着种地，二孔明看了看历书，又切指算了一下说："今日不宜栽种。"初五日是端午，他历年就不在端午这天做什么，又不曾种；初六倒是个黄道吉日，可惜地干了，虽然勉强把他的四亩谷子种上了，却没有出够一半。后来直到十五才又下雨，别人家都在地里锄苗，二孔明却领着两个孩子在地里补空子。邻家有个后生，吃饭时候在街上碰上二孔明便问道："老汉！今天宜栽种不宜？"二孔明翻了他一眼，扭转头返回去了，大家就嘻嘻哈哈传为笑谈。

三仙姑有个女孩叫小芹。一天，金旺他爹到三仙姑那里问病，三仙姑坐在香案后唱，金旺他爹跪在香案前听。小芹那年才九岁，晌午做捞饭，把米下进锅里了，听见她娘哼哼得很中听，站在桌前听了一会，把做饭也忘了。一会，金旺他爹出去小便，三仙姑趁空子向小芹说："快去捞饭！米烂了！"这句话却不料就叫金旺他爹听见，回去就传开了。后来有些好玩笑的人，见了三仙姑就故意问别人"米烂了没有？"。

二、三仙姑的来历

三仙姑下神，足足有三十年了。那时三仙姑才十五岁，刚刚嫁给于福，是前后庄上第一个俊俏媳妇。于福是个老实后生，不多说一句话，只会在地里死受。于福的娘早死了，只有个爹，父子两个一上了地，家里就只留下新媳妇一个人。村里的年轻人们觉着新媳妇太孤单，就慢慢自动的来跟新媳妇作伴，不几天就集合了一大群，每天嘻嘻哈哈，十分哄伙。于福他爹看见不像个样子，有一天发了脾气，大骂一顿，虽然把外人挡住了，新媳妇却跟他闹起来。新媳妇哭了一天一夜，头也不梳，脸也不洗，饭也不吃，躺在炕上，谁也叫不起来，父子两个没了办法。邻家有个老婆替她请了一个神婆子，在她家下了一回神，说是三仙姑跟上她了，她也哼哼唧唧自称吾神长吾神短，从此以后每月初一十五就下起神来，别人也给她烧起香来求财问病，三仙姑的香案便从此设起来了。

青年们到三仙姑那里去，要说是去问神，还不如说是去看圣像。三仙姑也暗暗猜透大家的心事，衣服穿得更新鲜，头发梳得更光滑，首饰擦得更明，宫粉搽得更匀，不由青年们不跟着她转来转去。

这是三十来年前的事。当时的青年，如今都已留下胡子，家里大半又都是子媳成群，所以除了几个老光棍，差不多都没有那些闲情到三仙姑那里去了。三仙姑却和大家不同，虽然已经四十五岁，却偏爱当个老来俏，小鞋上仍要绣花，裤腿上仍要镶边，顶门上的头发脱光了，用黑手帕盖起来，只可惜宫粉涂不平脸上的皱纹，看起来好像驴粪蛋上下上了霜。

老相好都不来了，几个老光棍不能叫三仙姑满意，三仙姑又团结了一伙孩子们，比当年的老相好更多，更俏皮。

三仙姑有什么本领能团结这伙青年呢？这秘密在她女儿小芹身上。

三、小芹

三仙姑前后共生过六个孩子，就有五个没有成人，只落了一个女儿，名叫小芹。小芹当两三岁时候，就非常伶俐乖巧，三仙姑的老相好们，这个抱过来说是"我的"，那个抱起来说是"我的"，后来小芹长到五六岁，知道这不是好话，三仙姑教她说："谁再这么说，你就说'是你的姑姑'。"说了几回，果然没有人再提了。

小芹今年十八了，村里的轻薄人说，比她娘年轻时候好得多。青年小伙子们，有事没事，总想跟小芹说句话。小芹去洗衣服，马上青年们也都去洗；小芹上树采野菜，马上青年们也都去采。

吃饭时候，邻居们端上碗爱到三仙姑那里坐一会，前庄上的人来回一里路，也并不觉得远。这已经是三十年来的老规矩，不过小青年们也这样热心，却是近二三年来才有的事。三仙姑起先还以为自己仍有勾引青年的本领，日子长了，青年们并不真正跟她接近，她才慢慢看出门道来，才知道人家来了为的是小芹。

不过小芹却不跟三仙姑一样：表面上虽然也跟大家说说笑笑，实际上却不跟人乱来，近二三年，只是跟小二黑好一点。前年夏天，有一天前晌，于福去地，三仙姑去串门，家里只留下小芹一个人，金旺来了，嘻皮笑脸向小芹说："这会可算是个空子吧？"小芹板起脸来说："金旺哥！咱们以后说话要规矩些！你也是娶媳妇大汉了！"金旺撇撇嘴说："咦！装什么假正经？小二黑一来管保你就软了！有便宜大家讨开点，没事；要正经除非自己锅底没有黑！"说着就拉住小芹的胳膊悄悄说："不用装模作样了！"不料小芹大声喊道："金旺！"金旺赶紧放手跑出来，一边还咄念道："等得住你！"说着就悄悄溜走了。

四、金旺弟兄

提起金旺来，刘家峧没有人不恨他，只有他一个本家兄弟名叫兴旺跟他对劲。

金旺他爹虽是个庄稼人，却是刘家峧一只虎，当过几十年老社首，捆人打人是他的拿手好戏。金旺长到十七八岁，就成了他爹的好帮手，兴旺也学会了帮虎吃食，从此金旺他爹想要捆谁，就不用亲自动手，只要下个命令，自有金旺兴旺代办。

抗战初年，汉奸敌探溃兵土匪到处横行，那时金旺他爹已经死了，金旺兴旺弟兄两个，给一支溃兵作了内线工作，引路绑票，讲价赎人，又做巫婆又做鬼，两头出面装好人，后来八路军来，打垮溃兵土匪，他两人才又回到刘家峧。

山里人本来就胆子小，经过几个月大混乱，死了许多人，弄得大家更不敢出头了。别的大村子都成立了村公所、各救会、武委会，刘家峧却除了县府派来一个村长以外，谁也不愿意当干部。不久，县里派人来刘家峧工作，要选举村干部，金旺跟兴旺两个人看出这又是掌权的机会，大家也巴不得有人愿干，就把兴旺选为武委会主任，把金旺选为村政委员，连金旺老婆也被选为妇救会主席，其他各干部，硬捏了几个老头子出来充数。只有青抗先队长，老头子充不得。兴旺看见小二黑这个小孩子漂亮好玩，随便提了一下名就通过了，他爹二诸葛虽然不愿，可是惹不起金旺，也没有敢说什么。

村长是外来的，对村里情形不十分了解，从此金旺兴旺比前更厉害了，只要瞒住村长一个人，村里人不论那个都得由他两个调遣。这几年来，村里别的干部虽然调换了几个，而他两个却好像铁桶江山。大家对他两个虽是恨得入骨，可是谁也不敢说半句话，都恐怕搬不倒他们，自己吃亏。

五、小二黑

小二黑，是二诸葛的二小子，有一次反扫荡打死过两个敌人，曾得到特等射手的奖励。说到他的漂亮，那不只在刘家峧有名，每年正月扮故事，不论去到那一村，妇女们的眼睛都跟着他转。

小二黑没有上过学，只是跟着他爹识了几个字。当他六岁时候，他爹就教他识字。识字课本既不是五经四书，也不是常识国语，而是从天干、地支、五行、八卦、六十四卦名等学起，进一步便学些百中经、玉匣记、增删卜易、麻衣神相、奇门遁甲、阴阳宅等书。小二黑从小就聪明，像那些算属相、卜六壬课念大小游年或"甲子乙丑海中金"等口诀，不几天就都弄熟了，二诸葛也常把他引在人前卖弄。因为他长得伶俐可爱，大人们也都爱跟他玩；这个说："二黑，算一算十岁属什么！"那个说："二黑，给我卜一课！"后来二诸葛因为说"不宜栽种"误了种地，老婆也埋怨，大黑也埋怨，庄上人也都传为笑谈，小二黑也跟着这事受了许多奚落。那时候小二黑十三岁，已经懂得好歹了，可是大人们仍把他当成小孩来玩弄，好跟二诸葛开玩笑的，一到了家，常好对着二诸葛问小二黑道："二黑！算算今天宜不宜栽种？"和小二黑年纪相仿的孩子们，一跟小二黑生了气，就连声喊道："不宜栽种不宜栽种……"小二黑因为这事，好几个月见了人躲着走，从此就和他娘商量成一气，再不信他爹的鬼八卦。

小二黑跟小芹相好已经二三年了。那时候他才十六七，原不过在冬天夜长时候，跟着些闲人到三仙姑那里凑热闹，后来跟小芹混熟了，好像是一天不见面也不能行。后庄上也有人愿意给小二黑跟小芹做媒人，二诸葛不愿意，不愿意的理由有三：第一小二黑是金命，小芹是火命，恐怕火克金；第二小芹生在十月，是个犯月；第三是三仙姑的声名不好。恰巧在这时候彰德府来了一伙难民，其中有个老李带来个八九岁的小姑娘，因为没有吃的，愿意把姑娘送给人家逃个活命。二诸葛说是个便宜，先问了一下生辰八字，切算了半天说"千里姻缘使线牵"，就替小二黑收作童养媳。

虽然二诸葛说是千合适万合适，小二黑却不认账。父子们吵了几天，二诸葛非养不行，小二黑说："你愿意养你就养着，反正我不要！"结果虽把小姑娘留下了，却到底没有说清楚算什么关系。

六、斗争会

金旺自从碰了小芹的钉子以后，每日怀恨，总想设法报一报仇。有一次武委会训练村干部，恰巧小二黑发疟疾没有去。训练完毕之后，金旺就向兴旺说："小二黑是装病，其实是被小芹勾引住了，可以斗争他一顿。"兴旺就是武委会主任，从前也碰过小芹一回钉子，自然十分赞成金旺的意见，并且又叫金旺回去和自己的老婆说一下，发动妇救会也斗争小芹一番。

金旺老婆现任妇救会主席，因为金旺好到小芹那里去，早就恨得小芹了不得，现在金旺回去跟她说要斗争小芹，这才是巴不得的机会，丢下活计，马上就去布置。第二天，村里开了两个斗争会，一个是武委会斗争小二黑，一个是妇救会斗争小芹。

小二黑自己没有错，当然不承认，嘴硬到底，兴旺就下命令，把他捆起来送交政权机关处理。幸而村长脑筋清楚，劝兴旺说："小二黑发疟是真的，不是装病，至于跟别人恋爱，不是犯法的事，不能捆人家。"兴旺说："他已是有了女人的。"村长说："村里谁不知道小二黑不承认他的童养媳。人家不承认是对的；男不过十六，女不过十五，不到订婚年龄。十来岁小姑娘，长大也不会来认这笔账。小二黑满有资格跟别人恋爱，谁也不能干涉。"兴旺没话说了，小二黑反要问他："无故捆人犯法不犯？"经村长双方劝解，才算放了完事。

兴旺还没有离村公所，小芹拉着妇救会主席也来找村长，她一进门就说："村长！捉贼要赃，捉奸要双，当了妇救会主席就不说理了？"兴旺见拉着金旺的老婆，生怕说出这事与自己有关，赶紧溜走。后来村长问了问情由，费了好大一会唇舌，才给她们调解开。

七、三仙姑许亲

两个斗争会开过以后，事情包也包不住了，小二黑也知道这事是合理合法的了，索性就跟小芹公开商量起来。

三仙姑却着了急。她跟小芹虽是母女，近几年来却不对劲。三仙姑爱的是青年们，青年们爱的是小芹。小二黑这个孩子，在三仙姑看来好像鲜果，可惜多一个小芹，就没了自己的份儿。她本想早给小芹找个婆家推出门去，可是因为自己声名不正，差不多都不愿意跟她结亲。开罢斗争会以后，风言风语都说小二黑要跟小芹自由结婚，她想要真是那样的话，以后想跟小二黑说句笑话都不能了，那是多么可惜的事，因此托东家求西家要给小芹找婆家。

"插起招军旗，就有吃粮人。"有个吴先生是在阎锡山部下当过旅长的退职军官，家里很富，才死了老婆。他在奶奶庙大会上见过小芹一面，愿意续她，媒人向三仙姑一说，三仙姑当然愿意。不几天过了礼帖，就算定了，三仙姑以为了却一宗心事。

小芹已经和小二黑商量得差不多了，如何肯听她娘的话？过礼那一天，小芹跟她娘闹起来，把吴先生送来的首饰绸缎扔下一地。媒人走后，小芹跟她娘说："我不管！谁收了人家的东西谁跟人家去！"

三仙姑愁住了，睡了半天，晚饭以后，说是神上了身，打了两个呵欠就唱起来。她起先责备于福管不了家，后来说小芹跟吴先生是前世姻缘，还唱些什么"前世姻缘由天定，不顺天意活不成……"。于福跪在地下哀求，神非教他马上打小芹一顿不可。小芹听了这话，知道跟这个装神弄鬼的娘说不出什么道理来，干脆躲了出去，让她娘一个人胡说。

小芹一个人悄悄跑到前庄上去找小二黑，恰在路上碰上小二黑去找她，两个就悄悄拉着手到一个大窑里去商量对付三仙姑的法子。

八、拿双

　　小芹把她娘怎样主婚，怎样装神，唱些什么，从头至尾细细向小二黑说了一遍。小二黑说："不用理她！我打听过区上的同志，人家说只要男女本人愿意，就能到区上登记，别人谁也作不了主……"说到这里，听见外边有脚步声，小二黑伸出头来一看，黑影里站着四五个人，有一个说："拿双拿双！"他两人都听出是金旺的声音，小二黑起了火，大叫道："拿？没有犯了法！"兴旺也来了，下命令道："捉住捉住！我就看你犯法不犯法，给你操了好几天心了！"小二黑说："你说去那里咱就去那里，到边区政府你也不能把谁怎么样！走！"兴旺说："走？便宜了你！把他捆起来！"小二黑挣扎了一会，无奈没有他们人多，终于被他们七手八脚打了一顿捆起来了。兴旺说："里边还有个女的，也捆起来！捉奸要双，这是她自己说的！"说着就把小芹也捆起来了。

　　前庄上的人都还没有睡，听见有人吵架，有些人就跑出来看，麻秆火把下看见捆着的两个人，大家不问就都知道了八九分。二诸葛也出来了，见小二黑被人家捆起来，就跪在兴旺面前哀求道："兴旺！咱两家没有什么仇！看在我老汉面上，请你们诸位高高手……"兴旺说："这事情，我们管不了，送给上级再说吧！"小二黑说："爹！你不用管！送到那里也不犯法！我不怕他！"兴旺说："好小子！要硬你就硬到底！"又逼住三个民兵说："带他们走！"一个民兵问："带到村公所？"兴旺说："还到村公所干什么？上一回不是村长放了的？送给区武委会主任按军法处理！"说着就把他两个人拥上走了。

九、二诸葛的神课

邻居们见是兴旺弟兄们捆人，也没有人敢给小二黑讲情，直等到他们走后，才把二诸葛招呼回家。

二诸葛连连摇头说："唉！我知道这几天要出事啦：前天早上我上地去，才上到岭上，碰上个骑驴媳妇，穿了一身孝，我就知道坏了。我今年是罗睺星照运，要谨防带孝的冲了运气，因此那里也不敢去，谁知躲也躲不过！昨天晚上二黑他娘梦见庙里唱戏。今天早上一个老鸦落在东房上叫了十几声……唉！反正是时运，躲也躲不过。"他啰哩啰嗦念了一大堆，邻居们听了有些厌烦，又给他说了一会宽心话，就都散了。

有事人那里睡得着？人散了之后，二诸葛家里除了童养媳之外，三个人谁也没有睡。二诸葛摸了摸脸，取出三个制钱占了一卦，占出之后吓得他面色如土。他说："了不得呀了不得！丑土的父母动出午火的官鬼，火旺于夏，恐怕有些危险了。唉！人家把他选成青年队长，我就说过不叫他当，小杂种硬要充人物头！人家说要按军法处理，要不当队长那里犯得了军法？"老婆也拍手跺脚道："小爹呀！谁知道你要闯这么大的事啦？"大黑劝道："不怕！事已经出下了，由他去吧！我想这又不是人命事，也犯不了什么大罪！既然他们送到区上了，我先到区上打听打听！你们都睡吧！"说着点了个灯笼就走了。

二诸葛打发大黑去后，仍然低头细细研究方才占的那一卦。停了一会，远远听着有个女人哭，越哭越近，不大一会就来到窗下，一推门就进来了。二诸葛还没有看清是谁，这女人就一把把他拉住，带哭带闹说："刘修德！还我闺女！你的孩子把我的闺女勾引到那里了？还我……"二诸葛老婆正气得死去活来，一看见来的是三仙姑，正赶上出气，从炕上跳下来拉住她道："你来了好！省得我去找你！你母女两个好生生把我个孩子勾引坏，你倒有脸来找我！咱两人就也到区上说说理！"两个女人滚成一团，二诸葛一个人拉也拉不开，也再顾不上研究他的卦。三仙姑见二诸葛老婆已经不顾了命，自己先胆怯了几分，不敢恋战，少闹了一会挣脱出来就走了。二诸葛老婆追出门来，被二诸葛拦回去，还骂个不休。

十、恩典恩典

二诸葛一夜没有睡，一遍一遍念："大黑怎么还不回来，大黑怎么还不回来。"第二天天不明就起程往区上走，走到半路，远远看见大黑、三个民兵已都回来了，还来了区上一个助理员，一个交通员。他远远就喊叫道："大黑！怎么样？要紧不要紧？"大黑说："没有事！不怕！"说着就走到跟前，助理员跟三个民兵先走了。大黑告交通员说："这就是我爹！"又向二诸葛说："区上添传你跟于福老婆。你去吧，没有事！二黑跟小芹两个人，一到区上就放开了。区上早就听说兴旺跟金旺两个人不是东西，已经把他两个人押起来了，还派助理员到咱村开大会调查他们横行霸道的证据，我赶到那里人家就问罢了，听说区上还许咱二黑跟小芹结婚。"二诸葛说："不犯罪就好，结婚可不行，命相不对！你没有听说添传我做什么？"大黑说："不知道，大约也没有什么大事。你去吧，我先回去告我娘说。"交通员说："老汉！这就算见了你了！你去吧，我再传那一个去！"说了就跟大黑相跟着走了。

二诸葛到了区上，看见小二黑跟小芹坐在一条板凳上，他就指着小二黑骂道："闯祸东西！放了你你还不快回去？你把老子吓死了！不要脸！"区长道："干什么？区公所是骂人的地方？"二诸葛不说话了。区长问："你就是刘修德？"二诸葛答："是！"问："你给刘二黑收了个童养媳？"答："是！"问："今年几岁了？"答："属猴的，十二岁了。"区长说："女不过十五岁不能订婚，把人家退回娘家去，刘二黑已经跟于小芹订婚了！"二诸葛说："她只有个爹，也不知逃难逃到那里去了，退也没处退。女不过十五不能订婚，那不过是官家规定，其实乡间七八岁订婚的多着哩。请区长恩典恩典就过去了……"区长说："凡是不合法的订婚，只要有一方面不愿意都得退！"二诸葛说："我这是两家情愿！"区长问小二黑道："刘二黑！你愿意不愿意？"小二黑说："不愿意！"二诸葛的脾气又上来了，瞪了小二黑一眼道："由你啦？"区长道："给他订婚不由他，难道由你啦？老汉！如今是婚姻自主，由不得你了！你家养的那个小姑娘，要真是没有娘家，就算成你的闺女好了。"二诸葛道："那也可以，不过还得请区长恩典恩典，不能叫他跟于福这闺女订婚！"区长说："这你就管不着了！"二诸葛发急道："千万请区长恩典恩典，命相不对，这是一辈子的事！"又向小二黑道："二黑！你不要糊涂了！这是你一辈子的事！"区长道："老汉！你不要糊涂了；强逼着你十九岁的孩子娶上个十二岁的小姑娘，恐怕要生一辈子气！我不过是劝一劝你，其实只要人家两个人愿意，你愿意不愿意都不相干。回去吧！童养媳没处退就算成你的闺女！"二诸葛还要请区长"恩典恩典"，一个交通员把他推出来了。

十一、看看仙姑

三仙姑去寻二诸葛，一来为的是逞逞闹气的本领，二来为的是遮遮外人的耳目，其实小芹吃一吃亏她很高兴，所以跟二诸葛老婆闹了一阵之后，回去就睡了。第二天早上，她起得很迟，于福虽比她着急，可是自己既没有主意，又不敢叫醒她，只好自己先去做饭，饭快成的时候，三仙姑慢慢起来梳妆，于福问她道："不去打听打听小芹？"她说："打听她做甚啦？她的本领多大啦？"于福也再没有敢说什么，把饭菜做成了放在炉边等，直等到她梳妆罢了才开饭。

饭还没有吃罢，区上的交通员来传她。她好像很得意，嗓子拉得长长的说："闺女大了咱管不了，就去请区长替咱管教管教！"她吃完了饭，换上新衣服、新首帕、绣花鞋、镶边裤，又擦了一次粉，加了几件首饰，然后叫于福给她备上驴，她骑上，于福给她赶上，往区上去。

到了区上。交通员把她引到区长房子里，她爬下就磕头，连声叫道："区长老爷，你可要给我作主！"区长正伏在桌上写字，见她低着头跪在地下，头上戴了满头银首饰，还以为是前两天跟婆婆生了气的那个年轻媳妇，便说道："你婆婆不是有保人吗？为什么不找保人？"三仙姑莫明其妙，抬头看了看区长的脸。区长见是个擦着粉的老太婆，才知道是认错人了。交通员道："认错人了！这就是于小芹的娘！"区长又打量了她一眼道："你就是小芹的娘呀？起来！不要装神做鬼！我什么都清楚！起来！"三仙姑站起来了。区长问："你今年多大岁数？"三仙姑说："四十五。"区长说："你自己看看你打扮得像个人不像？"门边站着老乡一个十来岁的小闺女嘻嘻嘻笑了。交通员说："到外边耍！"小闺女跑了。区长问："你会下神是不是？"三仙姑不敢答话。区长问："你给你闺女找了个婆家？"三仙姑答："找下了！"问："使了多少钱？"答："三千五！"问："还有些什么？"答："有些首饰布匹！"问："跟你闺女商量过没有？"答："没有！"问："你闺女愿意不愿意？"答："不知道！"区长道："我给你叫来你亲自问问她！"又向交通员道："去叫于小芹！"

刚才跑出去那个小闺女，跑到外边一宣传，说有个打官司的老婆，四十五了，擦着粉，穿着花鞋。邻近的女人们都跑来看，挤了半院，唧唧哝哝说："看看！四十五了！""看那裤腿！""看那鞋！"三仙姑半辈没有脸红过，偏这会撑不住气了，一道道热汗在脸上流，交通员领着小芹来了，故意说："看什么？人家也是个人吧，没有见过？闪开路！"一伙女人们哈哈大笑。

把小芹叫来，区长说："你问问你闺女愿意不愿意！"三仙姑只听见院里人说"四十五""穿花鞋"，羞得只顾擦汗，再也开不得口。院里的人们忽然又转了话头，都说"那是人家的闺女"，"闺女不如娘会打扮"，也有人说"听说还会下神"，偏又有个知道底细的断断续续讲"米烂了"的故事，这时三仙姑恨不得一头碰死。

区长说："你不问我替你问！于小芹，你娘给你找的婆家你愿意跟人家结婚不愿意？"小芹说："不愿意！我知道人家是谁！"区长向三仙姑道："你听见了吧？"又给她讲了一会婚姻自主的法令，说小芹跟小二黑订婚完全合法，还吩咐她把吴家送来的钱和东西原封退了，让小芹跟小二黑结婚。她羞愧之下，一一答应了下来。

十二、怎么到底

三个民兵回到刘家峧，一说区上把兴旺金旺两人押起来，又派助理员来调查他们的罪恶，真是人人拍手称快。午饭后，庙里开一个群众大会，村长报告了开会宗旨就请大家举他两个人的作恶事实。起先大家还怕搬不倒人家，人家再返回来报仇，老大一会没有人说话，有几个胆子太小的人，还悄悄劝大家说："忍事者安然。"有个被他两人作践垮了的年轻人说："我从前没有忍过？越忍越不得安然！你们不说我说！"他先从金旺领着土匪到他家绑票说起，一连说了四五款，才说道："我歇歇再说，先让别人也说几款！"他一说开了头，许多受过害的人也都抢着说起来：有给他们花过钱的，有被他们逼着上过吊的，也有产业被他们霸了的，老婆被他们奸淫过的。他两人还派上民兵给他们自己割柴，拨上民伕给他们自己锄地；浮收粮，私派款，强迫民兵捆人……你一宗他一宗，从晌午说到太阳落，一共说了五六十款。

区上根据这些罪状把他两人送到县里，县里把罪状一一证实之后，除叫他们赔偿大家损失外，又判了十五年徒刑。

经过这次大会之后，村里人也都敢出头了。不久，村干部又都经过大改选，村里人再也不敢乱投坏人的票了。这其间，金旺老婆自然也落了选。不过她还变了口吻，说："以后我也要进步了。"

两个神仙也有了变化：

三仙姑那天在区上被一伙妇女围住看了半天，实在觉着不好意思，回去对着镜子研究了一下，真有点打扮得不像话；又想到自己的女儿快要跟人结婚，自己还卖什么老俏？这才下了个决心，把自己的打扮从顶到底换了一遍，弄得像个当长辈人的样子，把三十年来装神弄鬼的那张香案也悄悄拆去。

二诸葛那天从区上回去，又向老婆提起二黑跟小芹的命相不对，他老婆道："把你的鬼八卦收起吧！你不是说二黑这回了不得吗？你一辈子放个屁也要卜一课，究竟抵了些什么事？我看小芹满不错，能跟咱二黑过就很好！什么命相对不对？你就不记得'不宜栽种'？"二诸葛见老婆都不信自己的阴阳，也就不好意思再到别人跟前卖弄他那一套了。

小芹和小二黑各回各家，见老人们的脾气都有些改变，托邻居们趁势和说和说，两位神仙也就顺水推舟同意他们结婚。后来两家都准备了一下，就过门。过门之后，小两口都十分得意，邻居们都说是村里第一对好夫妻。

夫妻们在自己卧房里有时候免不了说玩话：小二黑好学三仙姑下神时候唱"前世姻缘由天定"，小芹好学二诸葛说"区长恩典，命相不对"。淘气的孩子们去听窗，学会了这两句话，就给两位神仙加了新外号：三仙姑叫"前世姻缘"，二诸葛叫"命相不对"。

一九四三．五．写于太行

李有才板话

赵树理

一、书名的来历

阎家山有个李有才，外号叫"气不死"。

这人现在有五十多岁，没有地，给村里人放牛，夏秋两季捎带看守村里的庄稼。他只是一身一口，没有家眷。他常好说两句开心话，说是"吃饱了一家不饥，锁住门也不怕饿死小板凳"。村东头的老槐树底有一孔土窑还有三亩地，是他爹给留下的，后来把地押给阎恒元，土窑就成了他的全部产业。

阎家山这地方有点古怪：村西头是砖楼房，中间是平房，东头的老槐树下是一排二三十孔土窑。地势看来也还平，可是从房顶上看起来，从西到东却是一道斜坡。西头住的都是姓阎的；中间也有姓阎的也有杂姓，不过都是些在地户；只有东头特别，外来的开荒的占一半，日子过倒霉了的本村的杂姓，也差不多占一半，姓阎的只有三家，也是破了产卖了房子才搬来的。

李有才常说："老槐树底的人只有两辈——一个'老'字辈，一个'小'字辈。"这话也只是取笑：他说的"老"字辈，就是说外来的开荒的，因为这些人的名字除了闾长派差派款在条子上开一下以外，别的人很少留意，人叫起来只是把他们的姓上边加个"老"字，像"老陈、老秦、老常"等。他说的"小"字辈，就是其余的本地人，因为这地方人起乳名，常把前边加个"小"字，像"小顺，小保"等。可是西头那些大户人家，都用的是官名，有乳名别人也不敢叫——比方老村长阎恒元乳名叫"小囤"，别人对上人家不只不敢叫"小囤"，就是该说"谷囤"也只得说成"谷仓"，谁还好意思说出"囤"字来？一到了老槐树底，风俗大变，活八十岁也只能叫"小什么，小什么"，你就起上个官名也使不出去——比方陈小元前几年请柿子洼老先生给起了个官名叫"陈万昌"，回来虽然请闾长在闾帐上改过了，可是老村长看帐时候想不起这"陈万昌"是谁，问了一下闾长，仍然提起笔来给他改成陈小元。因为有这种关系，老槐树底的本地人，终于还都是"小"字辈。李有才自己，也只能算"小"字辈人，不过他父母是大名府人，起乳名不用"小"字，所以从小就把他叫成"有才"。

在老槐树底，李有才是大家欢迎的人物。每天晚上吃饭时候，没有他就不热闹。他会说开心话，虽是几句平常话，从他口里说出来就能引得大家笑个不休。他还有个特别本领是编歌子，不论村里发生件什么事，有个什么特别人，他都能编一大套，念起来特别顺口。这种歌，在阎家山一带叫"圪溜嘴"，官话叫"快板"。

比方说：西头老户主阎恒元，在抗战以前年年连任村长，有一年改选时候，李有才给他编了一段快板道：

> 村长阎恒元，一手遮住天，
> 自从有村长，一当十几年。
> 年年要投票，嘴说是改选，
> 选来又选去，还是阎恒元。
> 不如弄块板，刻个大名片，
> 每逢该投票，大家按一按，
> 人人省得写，年年不用换，
> 用他百把年，管保用不烂。

恒元的孩子是本村的小学教员，名叫家祥，民国十九年在县里的简易师范毕业。这人的像貌不大好看，脸像个葫芦瓢子，说一句话眨十来次眼皮。不过人不可以貌取，你不要以为他没出息，其实一肚肮脏计，谁跟他共事也得吃他的亏。李有才也给他编过一段快板道：

> 鬼眨眼，阎家祥，
> 眼睫毛，二寸长，
> 大腮蛋，塌鼻梁，
> 说句话儿眼皮忙。
> 两眼一忽闪，

肚里有主张，

强占三分理，

总要沾些光。

便宜占不足，

气得脸皮黄，

眼一挤，嘴一张，

好像母猪打哼哼！

　　像这些快板，李有才差不多每天要编，一方面是他编惯了觉着口顺，另一方面是老槐树底的年轻人吃饭时候常要他念些新的，因此他就越编越多。他的新快板一念出来，东头的年轻人不用一天就都传遍了，可是想传到西头就不十分容易。西头的人不论老少，没事总不到老槐树底来闲坐，小孩们偶而去老槐树底玩一玩，大人知道了往往骂道："下流东西！明天就要叫你到老槐树底去住啦！"有这层隔阂，有才的快板就很不容易传到西头。

　　抗战以来，阎家山有许多变化，李有才也就跟着这些变化作了些新快板，还因为作快板遭过难。我想把这些变化谈一谈，把他在这些变化中作的快板也抄他几段，给大家看看解个闷，结果就写成这本小书。

　　作诗的人，叫"诗人"，说作诗的话，叫"诗话"。李有才作出来的歌，不是"诗"，明明叫做"快板"，因此不能算"诗人"，只能算"板人"。这本小书既然是说他作快板的话，所以叫做《李有才板话》。

二、有才窑里的晚会

李有才住的一孔土窑，说也好笑，三面看来有三变：门朝南开，靠西墙正中有个炕，炕的两头还都留着五尺长短的地面。前边靠门这一头，盘了个小灶，还摆着些水缸、菜瓮、锅、匙、碗、碟；靠后墙摆着些筐子、笋头，里面装的是村里人送给他的核桃、柿子（因为他是看庄稼的，大家才给他送这些）；正炕后墙上，就炕那么高，打了个半截套窑，可以铺半条席子：因此你要一进门看正面，好像个小山果店；扭转头看西边，好像石菩萨的神龛；回头来看窗下，又好像小村子里的小饭铺。

到了冷冻天气，有才好像一炉火——只要他一回来，爱取笑的人们就围到他这土窑里来闲谈，谈起话来也没有什么题目，扯到那里算那里。这年正月二十五日，有才吃罢晚饭，邻家的青年后生小福，领着他的表兄就开开门走进来。有才见有人来了，就点起墙上挂的麻油灯。小福先向他表兄介绍道："这就是我们这里的有才叔！"有才在套窑里坐着，先让他们坐到炕上，就向小福道："这是那里的客？"小福道："是我表兄！柿子洼的！"他表兄虽然年轻，却很精干，就谦虚道："不算客，不算客！我是十六晚上在这里看戏，见你老叔唱焦光普唱的那样好，想来领领教！"有才笑了一笑又问道："你村的戏今年怎么不唱了？"小福的表兄道："早了赁不下箱，明天才能唱！"有才见他说起唱戏，劲上来了，就不客气的讲起来。他讲："这焦光普，虽说是个丑，可是个大脚色，唱就得唱出劲来！"说着就举起他的旱烟袋算马鞭子，下边虽然坐着，上边就轮打起来，一边轮着一边道："一出场：当当当当当令×令当令×令……当令×各拉打打当！"他煞住第一段家伙，正预备接着打，门"啪"一声开了，走进来个小顺，拿着两个软米糕道："慢着老叔！防备着把锣打破了！"说着走到炕边把胳膊往套窑里一展道："老叔！我爹请你尝尝我们的糕！"（阴历正月二十五，此地有个节叫"添仓"，吃黍米糕）有才一边接着一边谦让道："你们自己吃吧！今年煮的都不多！"说着接过去，随便让了让大家，就吃起来。小顺坐到炕上道："不多吧总不能像启昌老婆，过个添仓，派给人家小旦两个糕！"小福道："雇不起长工不雇吧，雇得起管不起吃？"有才道："启昌也还罢了，老婆不是东西！"小福的表兄问道："那个小旦？就是唱国舅爷那个？"小福道："对！老得贵的孩子给启昌住长工。"小顺道："那么可比他爹那人强一百二十分！"有才道："那还用说？"小福的表兄悄悄问小福道："老得贵怎？"他虽说得很低，却被小顺听见了，小顺道："那是有歌的！"接着就念道：

> 张得贵，真好汉，
> 跟着恒元舌头转：
> 恒元说个"长"，
> 得贵说"不短"；
> 恒元说个"方"，
> 得贵说"不圆"；
> 恒元说"砂锅能捣蒜"，

得贵就说"打不烂"；

恒元说"公鸡能下蛋"，

得贵就说"亲眼见"。

要干啥，就能干。

只要恒元嘴动弹！

他把这段快板念完，小福听惯了，不很笑。他表兄却嘻嘻哈哈笑个不了。

小顺道："你笑什么？得贵的好事多着哩？那是我村里有名的吃烙饼干部。"小福的表兄道："还是干部啦？"小顺道："农会主席！官也不小。"小福的表兄道："怎么说是吃烙饼干部？"小顺说："这村跟别处不同：谁有个事到公所说说，先得十几斤面、五斤猪肉，在场的每人一斤面烙饼，一大碗菜，吃了才说理。得贵领一分烙饼，总得把每一张烙饼都挑过。"小福的表兄道："我们村里早二三年前说事就不行吃喝了。"小顺道："人家那一村也不行了，就这村怪！这都是老恒元的古规。老恒元今天得个病死了，明天管保就吃不成了。"

正说着，又来了几个人：老秦（小福的爹）、小元、小明、小保。一进门，小元喊道："大事情！大事情！"有才忙道："什么？什么？"小明答道："老哥！喜富的村长撤差了！"小顺从炕上往地下一跳道："真的？再唱三天戏！"小福道："我也算数！"有才道："还有今天？我当他这饭碗是铁箍箍住了！谁说的？"小元道："真的！章工作员来了，带着公事！"小福的表兄问小福道："你村人跟喜富的仇气就这么大？"小顺道："那也是有歌的：

> 一只虎，阎喜富，
> 吃吃喝喝有来路，
> 当过兵，卖过土，
> 又偷牲口又放赌，
> 当牙行，卖寡妇……
> 什么事情都敢做。
> 惹了他，防不住。
> 人人见了满招呼！

你看仇恨大不大？"小福的表兄听罢才笑了一声，小明又拦住告诉他道："柿子洼客你是不知道！他念的那还是说从前，抗战以后这东西趁着兵荒马乱抢了个村长，就更了不得了，有恒元那老不死给他撑腰，就没有他干不出来的事，屁大点事弄到公所，也是桌面上吃饭，袖筒里过钱，钱淹不住心，说捆就捆，说打就打，说教谁倾家败产谁就没法治。逼得人家破了产，老恒元管'贱钱二百'买房买地。老槐树底这些人，进了村公所，谁也不敢走到桌边。三天两头出款，谁敢问问人家派的是什么钱；人家姓阎的一年四季也不见走一回差，有差事都派到老槐树底，谁不是荒着地给人家支？……你是不知道，坏透了坏透了！"有才低声问道："为什么事撤了的？"小保道："这可还不知道，大概是县里调查出来的吧？"有才道："光撤了差放在村里还是大害，什么时候毁了他才能算干净，可不知道县里还办他不办？"小保道："只要把他弄下台，攻他的人可多啦！"

　　远远有人喊道："明天到庙里选村长啦，十八岁以上的人都得去……"一连声叫喊，声音越来越近，小福听出来了，便向大家道："是得贵！还听不懂他那贱嗓？"进来了，就是得贵。他一进来，除了有才是主人，随便打了个招呼，其余的人都没有说话，小福小顺彼此挤了挤眼。得贵道："这里倒热闹！省得我跑！明天选村长啦，凡年满十八岁者都去！"又把嗓子放得低低的："老村长的意思叫选广聚！谁不在这里，你们碰上告诉给他们一声！"说着抽身就走了，他才一出门，小顺抢着道："吃烙饼去吧！"小元道："吃屁吧！章工作员还在这里住着啦，饼恐怕烙不成！"老秦埋怨道："人家听见了！"小元道："怕什么？就是故意叫他听啦。"小保道："他也学会打官腔了：'凡年满十八岁者'……"小顺道："还有'老村长的意思'。"小福道："假大头这会要变真大头啦呀！"小福的表兄问小福道："谁是假大头？"小顺抢着道："这也有歌：

　　　　刘广聚，假大头：
　　　　一心要当人物头，
　　　　抱粗腿，借势头，
　　　　拜认恒元干老头。
　　　　大小事，强出头，
　　　　说起话来歪着头。
　　　　从西头，到东头，
　　　　放不下广聚这颗头。

一念歌你就清楚了。"小福的表兄觉着很奇怪，也没有顾上笑，又问道："怎么你村有这么多的歌？"小顺道："提起西头的人来，没有一个没歌的，连那一个女人脸上有麻子都有歌。不只是人，每出一件新事隔不了一天就有歌出来了。"又指着有才道："有我们这位老叔，你想听歌很容易！要多少有多少！"

　　小元道："我看咱们也不用管他'老村长的意思'不意思，明天偏给他放个冷炮，攒上一伙人选别人，偏不选广聚！"老秦道："不妥不妥，指望咱老槐树底人谁得罪得起老恒元？他说选广聚就选广聚，瞎惹那些气有什么好处？"小元道："你这老汉也真见不得事！只怕柿叶掉下来碰破你的头，你不敢得罪人家，还不是照样替人家支差出款？"老秦这人有点古怪，只要年轻人一发脾气，他就不说话了。小保向小元道："你说得对，这一回真是该扭扭劲！要是再选上个广聚还不是仍出不了恒元老家伙的手吗？依我说咱们老槐树底的人这回就出出头，就是办不好也比搓在他们脚板底强得多！"小保这么一说，大家都同意，只是决定不了该选谁好。依小元说，小保就可以办；老陈觉得要是选小明，票数会更多一些；小明却说在大场面上说个话还是小元有两下子。李有才道："我说个公道话吧：要是选小明老弟，管保票数最多，可是他老弟恐怕不能办：他这人太好，太直，跟人家老恒元那伙人斗个什么事恐怕没有人家的心眼多。小保领过几年羊（就是当羊经理），在外边走的地方也不少，又能写能算，办倒没有什么办不了，只是他一家五六口子全靠他一个人吃饭，真也有点顾不上。依我说，小元可以办，小保可以帮他记一记账，写个什么公事……"这个意见大家赞成了。小保向大家道："要那样咱们出去给他活动活动！"小顺道："对！宣传宣传！"说着就都往外走。老秦着了急，叫住小福道："小福！你跟人家逞什么能！给我回去！"小顺拉着小福道："走吧走吧！"又回头向老秦道："不怕！丢了你小福我包赔！"说了就把小福拉上走了。老秦赶紧追出来连声喊叫，也没有叫住，只好领上外甥（小福的表兄）回去睡觉。

窑里丢下有才一个人，也就睡了。

三、打虎

第二天吃过早饭，李有才放出牛来预备往山坡上送，小顺拦住他道："老叔你不要走了！多一票算一票！今天还许弄成，已经给小元弄到四十多票了。"有才道："误不了！我把牛送到椒洼就回来，这时候又不怕吃了谁的庄稼！章工作员开会，一讲话还不是一大晌？误不了！"小顺道："这一回是选举会，又不是讲话会。"有才道："知道！不论什么会，他在开头总要讲几句'重要性'啦，'什么的意义及其价值'啦，光他讲讲这些我就回来了！"小顺道："那你去吧！可不要叫误了！"说着就往庙里去了。

庙里还跟平常开会一样，章工作员、各干部坐在拜庭上，群众站在院里，不同的只是因为喜富撤了差，大家要看看他还威风不威风，所以人来得特别多。

不大一会，人到齐了，喜富这次当最后一回主席。他虽然沉着气，可是嗓子究竟有点不自然，说了几句客气话，就请章工作员讲话，章工作员这次也跟从前说话不同了，也没有讲什么"意义"与"重要性"，直截了当说道："这里的村长，犯了一些错误，上级有命令叫另选。在未选举以前，大家对旧村长有什么意见，可以提一提。"大家对喜富的意见，提一千条也有，可是一来没有准备，二来碍于老恒元的面子，三来差不多都怕喜富将来记仇，因此没有人敢马上出头来提，只是交头接耳商量。有的说"趁此机会不治他，将来是村上的大害"，有的说"能送死他自然是好事，送不死，一旦放虎归山必然要伤人"……议论纷纷，都没有主意。有个马凤鸣，当年在安徽卖过茶叶，是张启昌的姊夫，在阎家山下了户。这人走过大地方，开通一点，不像阎家山人那么小心小胆。喜富当村长的第一年，随便欺压村民，有一次压迫到他头上，当时惹不过，只好忍过去。这次喜富已经下了台，他想趁势算一下旧账，便悄悄向几个人道："只要你们大家有意见愿意提，我可以打头一炮！"马凤鸣说愿意打头一炮，小元先给他鼓励道："提吧！你一提我接住就提，说开头多着哩！"他们正商量着，章工作员在台上等急了，便催道："有没有？再限一分钟！"马凤鸣站起来道："我有个意见：我的地上边是阎五的坟地，坟地堰上的荆条、酸枣树，一直长到我的地后，遮住半块地不长庄稼。前年冬天我去砍了一砍，阎五说出话来，报告到村公所，村长阎喜富给我说的，叫我杀了一口猪给阎五祭祖，又出了二百斤面叫所有的阎家人大吃一顿，罚了我五百块钱，永远不准我在地后砍荆条和酸枣树。猪跟面大家算吃了，钱算我出了，我都能忍过去不追究，只是我种地出着负担永远叫给人家长荆条和酸枣树，我觉着不合理。现在要换村长，我请以后开放这个禁令！"章工作员好像有点吃惊，问大家道："真有这事？"除了姓阎的，别人差不多齐声答道："有！"有才也早回来了，听见是说这事，也在中间发冷话道："比那更气人的事还多得多！"小元抢着道："我也有个意见！"接着说了一件派差事。两个人发言以后，意见就多起来，你一款我一款，无论是花黑钱、请吃饭、打板子、罚苦工……只要是喜富出头作的坏事，差不多都说出来了，可是与恒元有关系的事差不多还没人敢提，直到晌午，意见似乎没人提了，章工作员气得大瞪眼，因为他常在这里工作，从来也不会想到有这么多的问题。他向大家发命令道："这个好村长！把他捆起来！"一说捆喜富，当然大家很有劲，也不知道上来多少人，七手八脚把他捆成了个倒缚兔。他们问送到那里，章工作员道："且捆到下面的小屋里，拨两个人看守着，大家先回去吃饭，吃了饭选过村长，我把他带回区上去！"小顺、小福还有七八个人抢着道："我看守！我看守！"小顺道："迟吃一会饭有什么要紧？"章工作员又道："找个人把上午大家提的意见写成个单子作为报告，我带回去！"马凤鸣道："我写！"小保道："我帮你！"章工作员见有了人，就宣布散了会。

这天晌午，最着急的是恒元父子，因为有好多案件虽是喜富出头，却还是与他们有关的。恒元很想吩咐喜富一下叫他到县里不要乱说，无奈那么许多人看守着，没有空子，也只好罢了。吃过午饭，老恒元说身体有点不舒服，只打发儿子家祥去照应选举的事，自己却没有去。

会又开了，章工作员宣布新的选举办法道："按正规的选法，应该先选村代表，然后由代表会里产生村长，可是现在来不及了。现在我想了个变通办法：大家先提出三个候选人，然后用投票的法子从三个人中选一个。投票的办法，因为不识字的人很多，可以用三个碗，上边画上记号，放到人看不见的地方，每人发一颗豆，愿意选谁，就把豆放到准的碗里去，这个办法好不好？"大家齐声道："好！"这又出了家祥意料之外；他仗着一大部分人离不了他写票，谁知章工作员又用了这个办法。办法既然改了，他借着自己是个教育委员，献了个殷勤，去准备了三个碗，顺路想在这碗上想点办法。大家把三个候选人提出来了：刘广聚是经过老恒元的运动的，自然在数，一个是马凤鸣，一个就是陈小元。家祥把一个红碗两个黑碗上贴了名字向大家声明道："注意！一会把这三个碗放到里边殿里，次序是这样：从东往西，第一个，红碗，是刘广聚！第二个是马凤鸣，第三个是陈小元。再说一遍：从东往西，第一个，红碗，是刘广聚！第二个是马凤鸣，第三个是陈小元。"说了把碗放到殿里的供桌上，然后站东过西每人发了一颗豆，发完了就投起来。一会，票投完了，结果是马凤鸣五十二票，刘广聚八十八票当选，陈小元八十六票，跟刘广聚只差两票。

选举完了，章工作员道："我还要回区上去。派两个人跟我相跟上把喜富送去！"家祥道："我派我派！"下边有几个人齐声道："不用你派，我去！我去！"说着走出十几个人来，工作员道："有两个就行！"小元道："多去几个保险！"结果有五个去。工作员又叫人取来了马凤鸣跟小保写的报告，就带着喜富走了。

刘广聚当了村长，送走工作员之后，歪着个头，到恒元家里去——一方面是谢恩，一方面是领教，老恒元听了家祥的报告，知道章工作员把喜富带走，又知道小元跟广聚只差两票，心里着实有点不安，少气无力向广聚道："孩子！以后要小心点！情况变得有点不妙了！马凤鸣，一个外来户，也要翻眼；老槐树底人也起了反了！"说着伸出两个指头来道："你看危险不危险？两票！只差两票！"又吩咐他道："孩子以后要买一买马凤鸣的账，拣那不重要的委员给他当一个——就叫他当个建设委员也好！像小元那些没天没地的东西，以后要找个机会重重治他一下，要不就压不住东头那些东西，不过现在还不敢冒失，等喜富的事有个头尾再说！回去吧孩子！我今天有点不得劲，想早点歇歇！"广聚受完了这番训，也就辞出。

这天晚上，李有才的土窑里自然也是特别热闹，不必细说。第二天便有两段新歌传出来，一段是：

正月二十五，打倒一只虎；
到了二十六，老虎更吃苦，
大家提意见，尾巴藏不住，
鼓冬按倒地，打个背绑兔。
家祥干映眼，恒元屙一裤。
大家哈哈笑，心里满舒服。

还有一段是：

老恒元，真混账，
抱住村长死不放。

说选举，是假样，

侄儿下来干儿上。

（喜富是恒元的本家侄儿，广聚是干儿。）

四、丈地

自从把喜富带走以后，老恒元总是放心不下，生怕把他与自己有关的事攀扯出来，可是现在的新政府不比旧衙门，有钱也花不进去，打发家祥去了几次也打听不着，只好算了。过了三个月，县里召集各村村长去开会，老恒元托广聚到县里顺便打听喜富的下落。

隔了两天，广聚回来了，饭也没有吃，歪着个头，先到恒元那里报告。恒元躺着，他坐在床头必恭必敬的报告道："喜富的事，因为案件过多，喜富不愿攀出人来，直拖累了好几个月才算结束。所有麻烦，喜富一个人都承认起来了，县政府特别宽大，准他呈递悔过书赔偿大众损失，就算完事。"恒元长长吐了口气道："也算！能不多牵连别人就好！"又问道："这次开会商议了些什么？"广聚道："一共三件事：第一是确实执行减租，发了个表格，叫填出佃户姓名，地主姓名，租地亩数，原租额多少，减去多少。第二是清丈土地，办法是除了政权、各团体干部参加外，每二十户选个代表共同丈量。第三是成立武委会发动民兵，办法是先选派一个人，在阳历六月十五号以前到县受训。"老恒元听说喜富的案件已了，才放心了一点，及至听到这些事，眉头又打起皱来。他等广聚走了，便跟儿子家祥道："这派人受训没有什么难办，依我看还是巧招兵，跟阎锡山要的在乡军人一样，随便派上个谁就行了。减租和丈地两件事，在阎家山说来，只是对咱不利。不过第一件还好办，只要到各窝铺上说给佃户们一声，就叫他们对外人说是已经减过租了，他们怕夺地，自然不敢不照咱的话说；回头村公所要造表，自然还要经你的手，也不愁造不合适。只有这第二件不好办：丈地时候参加那么多的人，如何瞒得过去？"家祥眹着眼道："我看也好应付！说各干部吧，村长广聚是自己人。民事委员教育委员是咱父子俩，工会主席老范是咱的领工，咱一家就出三个人。农会主席得贵还不是跟着咱转？财政委员启昌，平常打的是不利不害主义，只要不叫他吃亏，他也不说什么。他孩子小林虽然算个青救干部，啥也不懂。只有马凤鸣不好对付，他最精明，又是个外来户，跟咱都不一心，遇事又敢说话，他老婆桂英又是个妇救干部，一家也出着两个人……"老恒元道："马凤鸣好对付：他们做过生意的人最爱占便宜，叫他占上些便宜他就不说什么了。我觉得最难对付的是每二十户选的那一个代表，人数既多，意见又不一致。"家祥道："我看不选代表也行。"恒元道："不妥！章工作员那小子腿勤，到丈地时候他要来了怎么办？我看代表还是要，不过可以由村长指派，派那些最穷、最爱打小算盘的人，像老槐树底老秦那些人。"家祥道："这我就不懂了：越是穷人，越出不起负担，越要细丈别人的地……"恒元道："你们年青人自然想不通：咱们丈地时候，先尽那最零碎的地方丈起——比方咱椒洼地，一亩就有七八块，算的时候你执算盘，慢慢细算。这么着丈量，一个椒洼不上十五亩地就得丈两天。他们那些爱打小算盘的穷户，那里误得起闲工？跟着咱们丈过两三天，自然就都走开了。等把他们熬败了，咱们一方面说他们不积极不热心，一方面还不是由咱自己丈吗？只要做个样子，说多少是多少，谁知道？"家祥道："可是我见人家丈过的地还插牌子！"恒元道："山野地，块子很不规矩，每一处只要把牌子上写个总数目——比方'自此以下至崖根共几亩几分'，谁知道对不对？要是再用点小艺道买一买小户，小户也就不说话了——比方你看他一块有三亩，你就说：'小户人家，用不着细盘量了，算成二亩吧！'这样一来，他有点小虚数，也怕多量出来，因此也就不想再去量别人的！"

恒元对着家祥训了这一番话，又打发他去请来马凤鸣。马凤鸣的地都是近二十年来新买的，不过因为买得习巧一点，都是些大亩数——往往完一亩粮的地就有二三亩大。老恒元说："你的地既然都是新买的，可以不必丈量，就按原契插牌子。"马凤鸣自然很高兴。恒元又叫家祥叫来了广聚，把自己的计划宣布了一番。广聚一来自己地多，二来当村长就靠的是恒元，当然没有别的话说。

第二天便依着计划先派定了丈地代表，第三天便开始丈地。果不出恒元所料，章工作员来了，也跟着去参观。恒元说："先丈我的！"村长广聚领头，民事委员阎恒元、教育委员阎家祥、财政委员张启昌、建设委员马凤鸣、农会主席张得贵、工会主席老范、妇救主席桂英、青救主席小林，还有十余个新派的代表们，带着丈地的弓、算盘、木牌、笔砚等，章工作员也跟在后边，往椒洼去了。

广聚管指划，得贵执弓，家祥打算盘。每块地不够二分，可是东伸一个角西打一个弯，还得分成四五块来算。每丈量完了一块，休息一会，广聚给大家讲方的该怎样算，斜的该怎样折，家祥给大家讲"飞归得亩"[①]之算法。大家原来不是来学习算地亩，也都听不起劲来，只是觉着丈量的太慢。章工作员却觉着这办法很细致，说是"丈地的模范"，说了便往柿子洼编村去了。

果不出恒元所料，两天之后，椒洼地没有丈完，就有许多人不来了。到了第五天，临出发只集合了七个人：恒元父子连领工老范是三个，广聚一个，得贵一个，还有桂英跟小林，一个没经过事的女人，一个小孩子。恒元摇着芭蕉扇，广聚端着水烟袋，领工老范捎着一张锼，小林捎着个镰预备割柴，桂英肚里怀着孕，想拔些新鲜野菜，也捎着个篮子，只有得贵这几天在恒元家里吃饭，自然要多拿几件东西——丈地弓、算盘、笔砚、木牌，都是他一个人抱着。丈量地点是椒洼后沟，也是恒元的地，出发时候，恒元故意发脾气道："又都不来了！那么多的委员，只说话不办事，好像都成了咱们七八个人的事了！"说着就出发了。这条沟没有别人的地，连样子也不用装，一进了沟就各干各的：桂英吃了几颗青杏，就走了岔道拔菜去了，小林也吃了几颗，跟桂英一道割柴去了，家祥见堰上塌了个小壑，指挥着老范去垒，得贵也放下那些家具去帮忙，恒元跟广聚，到麦地边的核桃树底趁凉快说闲话去。

这天有才恰在这山顶上看麦子，见进沟来七八个人，起先还以为是偷麦子的，后来各干其事了。虽然离得远了认不清

---

① 飞归得亩，丈量犬牙交错的地互相折合的计算办法。

人，可是做的事也都看得很清楚，只有到核桃树底去的那两个人不知是干什么的。他又往前凑了一凑，能听见说说笑笑，却听不见说什么。他自言自语道："这是两个什么鬼东西，我总要等你们出来！"说着就坐在林边等着。直到天快晌午，见有个从核桃树下钻出来喊道："家祥！写牌来吧！"这一下听出来了，是恒元。垒堰那三个人也过来了两个，一个是家祥，一个是老范。家祥写了两个木牌，给了老范一块，自己拿着一块：老范那块插在东圪嘴上，家祥那块插在麦地边。牌子插好，就叫来了桂英、小林，七个人相跟着回去了。有才见得贵拿着弓，才想起来人家是丈地，暗自寻思道："这地原是这样丈的？我总要看看牌上写的是什么！"一边想，一边绕着路到沟底看牌。两块牌都看了，麦地边那块写的是："自此至沟掌，大小十五块，共七亩二分二厘。"东圪嘴上那块写的是："圪嘴上至崖根，共三亩二分八厘。"他看完了牌，觉着好笑，回来在路上编了这样一段歌：

> 丈地的，真奇怪，七个人，不一块；
> 小林去割柴，桂英去拔菜，
> 老范得贵去垒堰，家祥一旁乱指派，
> 只有恒元与广聚，核桃树底趁凉快，
> 芭蕉扇，水烟袋，
> 说说笑笑真不坏。
> 坐到小晌午，叫过家祥来，
> 三人一捏弄，家祥就写牌，
> 前后共算十亩半，木头牌子插两块。

这些鬼把戏，只能哄小孩；

从沟里到沟外，平地坡地都不坏，

一共算成三十亩，管保恒元他不卖！

五、好怕的"模范村"

过了几天，地丈完了，他们果然给小户人家送了些小便宜，有三亩只估二亩，有二亩估作亩半。丈完了地这一晚上，得贵想在小户们面前给恒元卖个好，也给自己卖个好，因此在恒元家吃过晚饭，跟家祥们攀谈了几句，就往老槐树底来。老槐树底人也都吃过了饭，在树下纳凉，谈闲话，说说笑笑，声音很高。他想听一听风头对不对，就远远在路口站住步侧耳细听，只听一个人道："小旦！你不能劝劝你爹以后不要当恒元的尾巴？人家外边说多少闲话……"又听见小旦拦住那人的话抢着道："那天不劝他？可是他不听有什么法？为这事不知生过多少气？有时候他在老恒元那里拿一根葱、几头蒜，我娘也不吃他的，我也不吃他的，就那他也不改。"他听见是自己的孩子说自己，更不便走进场，可是也想再听听以下还说些什么，所以也舍不得走开。停了一会，听得有才问道："地丈完了？老恒元的地丈了多少？"小旦道："听说是一百一十多亩。"小元道："哄鬼也哄不过！不用说他原来的祖业，光近十年来的押地也差不多有那么多！"小保道："押地可好算，老槐树底的人差不多，都是把地押给他才来的！"说着大家就七嘴八舌，三亩二亩给他算起来，算的结果，连老槐树底带村里人，押给恒元的地，一共就有八十四亩。小元道："他通年雇着三个长工，山上还有六七家窝铺，要是细量起来，丈不够三百亩我不姓陈！"小顺道："你不说人家是怎样丈的？你就没听有才老叔编的歌？'丈地的，真奇怪，七个人，不一块……'"接着把那一段歌念了一遍，念得大家哈哈大笑。老秦道："我看人家丈得也公道，要宽都宽，像我那地明明是三亩，只算了二亩！"小元道："那还不是哄小孩？只要把恒元的地丈公道了，咱们这些户，二亩也不出负担，三亩还不出负担；人家把三百亩丈成一百亩，轮到你名下，三亩也得出，二亩也得出！"

得贵听到这里，知道大家已经猜透了恒元的心事，这个好已经卖不出去，就返回来想再到恒元这里把方才听到的话报告一下。他走到恒元家，恒元已经睡了，只有家祥点着灯造表，他便把方才听到的话和有才的歌报告给家祥，中间还加了一些骂恒元的话。家祥听了，沉不住气，两眼眨得飞快，骂了小元跟有才一顿，得贵很得意的回去睡了。

第二天，不等恒元起床，家祥就去报告昨天晚上的事。恒元听了，倒不在乎骂不骂，只恨他们不该把自己的心事猜得那么透彻，想了一会道："非重办他几个不行！"吃过了饭，叫来了广聚，数说了小元跟有才一顿罪状，末了吩咐道："把小元选成什么武委会送到县里受训去，把有才撵走，永远不准他回阎家山来！"

广聚领了命，即刻召开了个选人受训的会，仿照章工作员的办法推了三个候选人，把小元选在三人里边，然后投豆子，可是得贵跟家祥两个人，每人暗暗抓了一把豆子都投在小元的碗里，结果把小元选住了。

村里人，连恒元、广聚都算上，都只说这是拨壮丁当兵。小元家里只有一个老娘，又没有吃的，全仗小元养活，一见说把小元选住了，哭着去哀求广聚。广聚奉的是恒元的命令，哀求也没有效，得贵很得意，背地里卖俏说："谁叫他评论丈地的事？"这话传到老槐树底，大家才知道原来是这么一回事。

小明见邻居们有点事，最能热心帮助。他见小元他娘哀求也无效，就去找小保、小顺等一干人来想办法，小保道："我看人家既是有计划的，说好话也无用，依我说就真当了兵也不是坏事，大家在一处都不错，谁还不能帮一把忙？咱们大家可以招呼他老娘几天。"小明向小元道："你放心吧！也没有多余的事！烧柴吃水，一个人能费多少，你那三亩地，到了忙时候一个人抽一晌工夫就给你捎带了！"小元的叔父老陈为人很痛快，他向大家谢道："事到头上讲不起，既然不能不去，以后自然免不了麻烦大家照应，我先替小元谢谢！"小元也跟着说了许多道谢的话。

在村公所这方面，减租跟丈地的两分表也造成了，受训的人也选定了，做了一分报告，吃过午饭，拨了个差，连小元一同送往区上。把这三件工作交代过，广聚打发人把李有才叫到村公所，歪着个头，拍着桌子大大发了一顿脾气，说他"造谣生事"，又说"简直像汉奸"，最后下命令道："即刻给我滚蛋！永远不许回阎家山来！不听我的话我当汉奸送你！"有才无法，只好跟各牛东算了算账，搬到柿子洼编村去住。

隔了两天，章工作员来了，带着县里来的一张公事，上写道："据第六区公所报告，阎家山编村各干部工作积极细致，完成任务甚为迅速，堪称各村模范，特传令嘉奖以资鼓励……"自此以后，阎家山就被称为"模范村"了。

六、小元的变化

两礼拜过后，小元受训回来了，一到老槐树底，大家就都来问询，在地里做活的，虽然没到晌午，听到小元回来的消息的也都赶回来问长问短。小元很得意的道："依他们看来这一回可算把我害了，他们那里想得到又给咱们弄了个合适？县里叫咱回来成立武委会，发动民兵，还允许给咱们发枪，发手榴弹。县里说：'以后武委会主任跟村长是一文一武，是独立系统，不是附属在村公所。'并且给村长下的公事教他给武委会准备一切应用物件。从今以后，村里的事也有咱老槐树底的分了。"小顺道："试试！看他老恒元还能独霸乾坤不能？"小明道："你的苗也给你锄出来了。老人家也没有饿了肚，这家送个干粮，那家送碗汤，就够他老人家吃了。"小元自是感谢不提。

吃过午饭，小元到了村公所，把县里的公事取出来给广聚看。广聚一看公事，知道小元有权了，就拿上公事去找恒元。

恒元看了十分后悔道："想不到给他做了个小合适！"又皱着眉头想了一会道："既然错了，就以错上来——以后把他团弄住，叫他也变成咱的人！"广聚道："那家伙有那么一股扭劲，恐怕团弄不住吧！"恒元道："你不懂！这只能慢慢来！咱们都捧他的场，叫他多占点小便宜，'习惯成自然'，不上几个月工夫，老槐树底的日子他就过不惯了。"

广聚领了恒元的命，把一座庙院分成四部分，东社房上三间是村公所，下三间是学校，西社房上三间是武委会主任室，下三间留作集体训练民兵之用。

民兵动员起来了，差不多是老槐树底那一伙子，常和广聚闹小意见，广聚觉得很难对付。后来广聚常到恒元那里领教去，慢慢就生出法子来。比方广聚有制服，家祥有制服，小元没有，住在一个庙里觉着有点比配不上，广聚便道："当主任不可以没制服，回头做一套才行！"隔了不几天，用公款做的新制服给小元拿来了。广聚有水笔，家祥有水笔，小元没有，觉着小口袋上空空的，家祥道："我还有一支回头送你！"第二天水笔也插起来了。广聚不割柴，家祥不割柴，小元穿着制服去割了一回柴，觉着不好意思，广聚道："能烧多少？派个民兵去割一点就够了！"

从此以后，小元果然变了，割柴派民兵，担水派民兵，自己架起胳膊当主任。他叔父老陈，见他的地也荒了，一日就骂他道："小元你看！近一两月来像个什么东西！出来进去架两条胳膊，连水也不能担了，柴也不能割了！你去受训，人家大家给你把苗锄出来，如今莠了一半穗了，你也不锄二遍，草比苗还高，看你秋天吃什么？"小元近来连看也没有到地里看过，经老陈这一骂，也觉得应该到地里看看去。吃过早饭，扛了一把锄，正预备往地里走，走到村里，正碰上家祥吃过饭往学校去。家祥含笑道："锄地去啦？"小元脸红了，觉着不像个主任身分，便喃喃道："我到地里看看去！"家祥道："歇歇谈一会闲话再去吧！"小元也不反对，跟着家祥走到庙门口，把锄放在门外，就走进去跟家祥、广聚闲谈起来，直谈到晌午才回去吃饭去。吃过饭，总觉着不可以去锄地，结果仍是第二天派了两个民兵去锄。

这次派的是小顺跟小福，这两个青年虽然也不敢不去，可是总觉着不大痛快，走到小元地里，无精打采慢慢锄起来。他两个一边锄边谈。小顺道："多一位菩萨多一炉香！成天盼望主任给咱们抵些事，谁知道主任一上了台，就跟人家混得很热，除了多派咱几回差，一点什么好处都没有！"小福道："头一遍是咱给他锄，第二遍还教咱给他锄！"小顺道："那可不一样；头一遍是人家把他送走了，咱们大家情愿帮忙，第二遍是人家升了官，不能锄地了，派咱给人家当差。早知道落这个结果，帮忙？省点气力不能睡觉？"小福道："可惜把个有才老汉也撵走了，老汉要在，一定要给他编个好歌！"小顺道："咱不能给他编个试试？"小福道："可以！我帮你！"给小元锄地，他们既然有点不痛快，所以也不管锄到了没有，留下草了没有，只是随手锄过就是，两个人都把心用在编歌子上。小顺编了几句，小福也给他改了一两句，又添了两句，结果编成了这么一段短歌：

> 陈小元，坏得快，
> 当了主任耍气派，
> 改了穿，换了戴，
> 坐在庙上不下来，
> 不担水，不割柴，
> 蹄蹄爪爪不想抬，
> 锄个地，也派差，
> 逼着邻居当奴才。

小福晚上悄悄把这个歌念给两三个青年听，第二天传出去，大家都念得烂熟，小元在庙里坐着自然不得知道。

　　这还都是些小事，最叫人可恨的是把喜富赔偿群众损失这笔款，移到武委会用了。本来喜富早两个月就递了悔过书出来了，只是县政府把他应赔偿群众的款算了一下，就该着三千四百余元，还有几百斤面，几石小米。这些东西有一半是恒元用了，恒元就着人告喜富暂且不要回来，有了机会再说。

　　恰巧"八一"节要检阅民兵，小元跟广聚说，要做些挂包、子弹袋、炒面袋，还要准备七八个人三天的吃喝。广聚跟恒元一说，恒元觉着机会来了，开了个干部会，说公所没款，就把喜富这笔款移用了。大家虽然听说喜富要赔偿损失，可是谁也没听说赔多少数目。因为马凤鸣的损失也很大，遇了事又能说两句，就有些人怂恿着他去质问村长。马凤鸣跟恒元混熟了，不想得罪人，可是也想得赔偿，因此借着大家的推举也就答应了。但是他知道村长不过是个假样子，所以先去找恒元。他用自己人报告消息的口气说："大家对这事情很不满意，将来恐怕还要讨这笔款！"老恒元就猜透他的心事，便向他道："这事怕不好弄，公所真正没款，也没有日子了，四五天就要用，所以干部会上才那么决定，你不是也参加过了吗？不过咱们内里人好商量，你前年那一场事，一共破费了多少，回头叫他另外照数赔偿你！"马凤鸣道："我也不是说那个啦，不过他们……"恒元拦他的话道："不不不！他不赔我就不愿意他！不信我可以垫出来！咱们都是个干部，不分个里外如何能行？"马凤鸣见自己落不了空，也就不说什么了；别人再怂恿也怂恿不动他了。

事过之后，第二天喜富就回来了。赔马凤鸣的东西恒元担承了一半，其余应赔全村民众，那么大的数目，做了几条炒面袋，几个挂包，几条子弹袋，又给民兵拿了二十多斤小米就算完事。

"八一"检阅民兵，阎家山的民兵服装最整齐，又是模范，主任又得了奖。

七、恒元广聚把戏露底

过了阴历八月十五日，正是收秋时候，县农会主席老杨同志，被分配到第六区来检查督促"秋收工作"。老杨同志叫区农会给他介绍一个比较进步的村，区农会常听章工作员说阎家山是模范村，就把他介绍到阎家山去。

老杨同志吃了早饭起程，天不晌午就到了阎家山。他一进公所，正遇着广聚跟小元下棋。他两个因为一步棋争起来，就没有看见老杨同志进去。老杨同志等了一会，还没有人跟他答话，他就在这争吵中问道："那一位是村长？"广聚跟小元抬头一看，见他头上箍着块白手巾，白小布衫深蓝裤，脚上穿着半旧的硬鞋至少也有二斤半重。从这服装上看，村长广聚以为他是那村派来的送信的，就懒洋洋的问道："那村来的？"老杨同志答道："县里！"广聚仍问道："到这里干什么？"小元棋快输了，在一边催道："快走棋吗！"老杨同志有些不耐烦，便道："你们忙得很！等一会闲了再说吧！"说了把背包往阶台上一丢，坐在上面休息。广聚见他的话头有点不对，也就停住了棋，凑过来答话。老杨同志也看出他是村长，却又故意问了一句："村长那里去了？"他红着脸答过话，老杨同志才把介绍信给他，信上写的是：

兹有县农会杨主席，前往阎家山检查督促秋收工作，请予接洽是荷……

广聚看过了信，把老杨同志让到公所，说了几句客气话，便要请老杨同志到自己家里吃饭。老杨同志道："还是兑些米到老百姓家里吃吧！"广聚还要讲俗套，老杨同志道："这是制度，不能随便破坏！"广聚见他土眉土眼，说话却又那么不随和，一时想不出该怎么对付，便道："好吧！你且歇歇，我给你出去看看！"说了就出了公所来找恒元。他先把介绍信给恒元看了，然后便说这人是怎样怎样一身土气，恒元道："前几天听喜富说有这么个人。这人你可小看不得！听喜富说，有些事情县长还得跟他商量着办。"广聚道："是是是！你一说我想起来了！那一次在县里开会，讨论丈地问题那一天，县干部先开了个会，仿佛有他，穿的是蓝衣服，眉眼就是那样。"恒元道："去吧！好好应酬，不要冲撞着他！"广聚走出门来又返回去问道："我请他到家吃饭，他不肯，他叫给他找个老百姓家去吃，怎么办？"恒元不耐烦了，发话道："这么大一点事也问我？那有什么难办？他要那么执拗，就把他派到个最穷的家——像老槐树底老秦家，两顿糠吃过来，你怕他不再找你想办法啦？"广聚道："老槐树底那些人跟咱们都不对，不怕他说坏话？"恒元道："你就不看人？老秦见了生人敢放个屁？每次吃了饭你就把他招待回公所，有什么事？”

广聚碰了一顿钉子讨了这么一点小主意，回去就把饭派到老秦家。这样一来，给老秦找下麻烦了！阎家山没有行过这种制度，老秦一来不懂这种管饭只是替做一做，将来还要领米，还以为跟派差派款一样；二来也不知道家常饭就行，还以为衙门来的人一定得吃好的。他既是这样想，就把事情弄大了，到东家借盐，到西家借面，老两口忙了一大会，才算做了两三碗汤面条。

晌午，老杨同志到老秦家去吃饭，见小砂锅里是面条，大锅里的饭还没有揭开，一看就知道是把自己当客人待。老秦舀了一碗汤面条，必恭必敬双手捧给老杨同志道：“吃吧先生！到咱这穷人家吃不上什么好的，喝口汤吧！”他越客气，老杨同志越觉着不舒服，一边接一边道：“我自己舀！唉！老人家！咱们吃一锅饭就对了，为什么还要另做饭？”老秦老婆道：“好先生！啥也没有！只是一口汤！要是前几年这饭就端不出来！这几年把地押了，啥也讲不起了！”老杨同志听她说押了地，正要问她押给谁，老秦先向老婆喝道：“你这老不死，不知道你那一张疯嘴该说什么！可憋不死你！你还记得啥？还记得啥！”老杨同志猜着老秦是怕她说得有妨碍，也就不再追问，随便劝了老秦几句。老秦见老婆不说话了，因为怕再引起话来，也就不再说了。

小福也回来了。见家里有个人，便问道：“爹！这是那村的客？”老秦道：“县里的先生！”老杨同志道：“不要这样称呼吧！那里是什么‘先生’？我姓杨！是农救会的！你们叫我个‘杨同志’或者‘老杨’都好！”又问小福“叫什么名字"，"多大了"，小福一一答应，老秦老婆见孩子也回来了，便揭开大锅开了饭。老秦，老秦老婆，还有个五岁的女孩，连小福，四个人都吃起饭来。老杨同志第一碗饭吃完，不等老秦看见，就走到大锅边，一边舀饭一边说："我也吃吃这饭，这饭好吃！"老两口赶紧一齐放下碗来招待，老杨同志已把山药蛋南瓜舀到碗里。老秦客气了一会，也就罢了。

小顺来找小福割谷，一进门碰上老杨同志，彼此问询了一下，就向老秦道："老叔！人家别人的谷都打了，我爹病着，连谷也割不起来，后晌叫你小福给俺割吧？"老秦道："吃了饭还要打谷！"小顺道："那我也能帮忙，打下你的来，迟一点去割我的也可以！"老杨同志问道："你们这里收秋还是各顾各？农救会也没有组织过互助小组？"小顺道："收秋可不就是各顾各吧？老农会还管这些事啦？"老杨同志道："那末你们这里的农会都管些什么事？"小顺道："咱不知道。"老杨同志自语道："模范村！这算什么模范？"五岁的小女孩听见"模范"二字，就想起小顺教她的几句歌来，便顺口念道：

模范不模范，从西往东看；
西头吃烙饼，东头喝稀饭。

小孩子虽然是顺口念着玩，老杨同志却听着很有意思，就逗她道："念得好呀！再念一遍看！"老秦又怕闯祸，瞪了小女孩一眼。老杨同志没有看见老秦的眼色，仍问小女孩道："谁教给你的？"小女孩指着小顺道："他！"老秦觉着这一下不只惹了祸，又连累了邻居。他以为自古"官官相卫"，老杨同志要是回到村公所一说，马上就不得了。他气极了，劈头打了小女孩一掌骂道："可哑不了你！"小顺赶紧一把拉开道："你这老叔！小孩们念个那，有什么危险？我编的，我还不怕，就把你怕成那样？那是真的吧是假的？人家吃烙饼有过你的分？你喝的不是稀饭？"老秦就有这样一种习惯，只要年轻人说他几句，他就不说话了。

吃过了饭，老秦跟小福去场里打谷子。老杨同志本来预备吃过饭去找村农会主任，可是听小顺一说，已知道工作不实在，因此又想先在群众里调查一下，便向老秦道："我给你帮忙去。"老秦虽说"不敢不敢"，老杨同志却扛起木锨扫帚跟他们往场里去。

场子就在窑顶上，是好几家公用的。各家的谷子都不多，这天一场共摊了四家的谷子，中间用谷草隔开了界。

老杨同志到场子里什么都通，拿起什么家具来都会用，特别是好扬家，不只给老秦扬，也给那几家扬了一会，大家都说"真是一张好木掀"（就是说他用木锨用得好）。一场谷打罢了，打谷的人都坐在老槐树底休息，喝水，吃干粮，蹲成一圈围着老杨同志问长问短，只有老秦仍是必恭必敬站着，不敢随便说话。小顺道："杨同志！你真是个好把式！家里一定种地很多吧？"老杨同志道："地不多，可是做得不少！整整给人家住过十年长工！"老秦一听老杨同志说是个住长工出身，马上就看不起他了，一屁股坐在墙根下道："小福！不去场里担糠还等什么？"小福正想听老杨同志谈些新鲜事，不想半路走开，便推托道："不给人家小顺哥割谷？"老秦道："担糠回来误得了？小孩子听起闲话来就不想动了！"小福无法，只好去担糠。他才从家里挑起篓来往场里走，老秦也不顾别人谈话，又喊道："细细扫起来！不要只扫个场心！"他这样子，大家都觉着他不顺眼，小保便向他发话道："你这老汉真讨厌！人家说个话你偏要乱吵！想听就悄悄听，不想听你不能回去歇歇？"老秦受了年轻人的气自然没有话说，起来回去了。小顺向老杨同志道："这老汉真讨厌！吃亏，怕事，受了一辈子穷，可瞧不起穷人。你一说你住过长工，他马上就变了个样子。"老杨同志笑了笑道："是的！我也看出来了。"

广聚依着恒元的吩咐，一吃过饭就来招呼老杨同志，可是那里也找不着，虽然有人说在场子里，远远看了一下，又不见一个闲人（他想不到县农会主席还能做起活来），从东头找到西头，西头又找回东头来，才算找到。他一走过来，大家什么都不说了。他向老杨同志道："杨同志！咱们回村公所去吧！"老杨同志道："好，你且回去。我还要跟他们谈谈。"广聚道："跟他们这些人能谈个什么？咱们还是回公所去歇歇吧！"老杨同志见他瞧不起大家，又想碰他几句，便半软半硬的发话道："跟他们谈话就是我的工作，你要有什么话等我闲了再谈吧！"广聚见他的话头又不对了，也不敢强叫，可是又想听听他们谈什么，因此也不愿走开，就站在圈外。人家见他不走，谁也不开口，好像庙里十八罗汉像，一个个都成了哑子。老杨同志见他不走开大家不敢说话，已猜着大家是被他压迫怕了，想赶他走开，便向他道："你还等谁？"他呶呶唧唧道："不等谁了！"说着就溜走了。老杨同志等他走了十几步远，故意向大家道："没有见过这种村长！农救会的人到村里，不跟农民谈话，难道跟你村长去谈？"大家亲眼看见自己惹不起的厉害人受了碰，觉着老杨同志真是自己人。

天气不早了，小顺喊叫小福去割谷，老杨同志见小顺说话很痛快，想多跟他打听一些村里的事，便向他道："多借个镰，我也给你割去！"小明、小保也想多跟老杨同志谈谈，齐声道："我也去！"小顺本来只问了个小福，连自己一共两个人，这会却成了五个。这五个人说说话话，一同往地里去了。

八、"老""小"字辈准备翻身

五个人到了地，一边割谷一边谈话。小顺果然说话痛快，什么也不忌讳。老杨同志提到晌午听的那四句歌，很夸奖小顺编得好。小保道："他还是徒弟，他师父比他编得更好。"老杨同志笑道："这还是有师父的？"向小顺道："把你师父编出来的给咱念几段听一听吧？"小顺道："可以！你要想听这，管保听到天黑也听不完！"说着便念起来。他每念一段，先把事实讲清楚了然后才念，这样便把村里近几年来的事情翻出来许多。老杨同志越听越觉着有意思，比自己一件一件打听出来的事情又重要又细致，因此想亲自访问他这师父一次，就问小顺道："这歌编得果然好！我想见见这个人，吃了晚饭你能领上我去他家里闲坐一会吗？"小顺道："可惜他不在村里了，叫人家广聚把他撵跑了！"接着就把丈地时候的故事从头至尾说了一遍，一直说到小元被送县受训，有才逃到柿子洼。老杨同志问道："柿子洼离这里有多么远？"小顺往西南山洼里一指道："那不是？不远！五里地！"老杨同志道："我看这三亩谷也割不到黑！你们着个人去把他请回来，咱们晚上跟他谈谈！"小明道："只要敢回来，叫一声他就回来了！我去！"老杨同志道："叫他放心回来！我保他无事！"小顺道："小明叔腿不快！小福你去吧！"小福很高兴地说了个"可以"，扔下镰就跑了。小福去后老杨同志仍然跟大家接着谈话，把近几年来村里的变化差不多都谈完了。最后老杨同志问道："这些事情，章工作员怎么不知道？"小保道："章工作员倒是个好人，可惜没经过事，一来就叫人家团弄住了。"他直谈到天快黑，谷也割完了，小福把有才也叫来了，大家仍然相跟着回去吃饭。

小顺家晚饭是谷子面干粮豆面条汤，给他割谷的都在他家吃。小顺硬要请老杨同志也在他家吃，老杨同志见他是一番实意，也就不再谦让，跟大家一齐吃起来。小顺又给有才端了碗汤拿了两个干粮，有才是自己人，当然也不客气。老秦听说老杨同志敢跟村长说硬话，自然又恭敬起来，把响午剩下的汤面条热了一热，双手捧了一碗送给老杨同志。

晚饭吃过了，老杨同志向有才道："你住在那个窑里？今天晚上咱们大家都到你那里谈一会吧！"有才就坐在自己的门口，顺手指道："这就是我的窑！"老杨同志抬头一看，见上面还贴着封条，不由他不发怒。他跳起来一把把封条撕破了道："他妈的！真敢欺负穷人！"又向有才道："开开进去吧！"有才道："这锁也是村公所的！"老杨同志道："你去叫村公所人来给你开！就说我把你叫来谈话啦！"有才去了。

有才找着了广聚，说道："县农会杨同志找我回来谈话，叫你去开门啦！"广聚看这事情越来越硬，弄得自己越得不着主意，有心去找恒元，又怕因为这点小事受恒元的碰。他想了一想，觉着农救会人还是叫农救会干部去应酬，主意一定，就向有才道："你等等，我去取钥匙去！"他回家取上钥匙，又去把得贵叫来，暗暗嘱咐了一番话，然后把钥匙给了得贵，便向有才道："叫他给你开去吧！"有才就同得贵一同回到老槐树底。

得贵跟着恒元吃了多年残剩茶饭，半通不通的浮言客套倒也学得了几句。他一见老杨同志，就满面陪笑道："这位就是县农会主席吗，慢待慢待！我叫张得贵，就是这村的农会主席。晌午我就听说你老人家来了，去公所拜望了好几次也没有遇面……"说着又是开门又是点灯，客气话说得既然叫别人搀不上嘴，小殷勤也做得叫别人帮不上手。老杨同志在地里已经听小顺念过有才给他编的歌，知道他的为人，也就不多接他的话。等他忙乱过后，大家坐定，老杨同志慢慢问他道："这村共有多少会员？"他含糊答道："唉！我这记性很坏，记不得了，有册子，回头查查看！"老杨同志道："共分几小组？"他道："这这这我也记不不清了。"老杨同志放大嗓子道："连几个小组也记不得？有几个执行委员？"他更莫明其妙，赶紧推托道："我我是个老粗人，什么也不懂，请你老人家多多包涵！"老杨同志道："你不懂只说你不懂，什么粗人不粗人？农救会根本没有收过一个细人入会！连组织也不懂，不只不能当主席，也没有资格当会员，今天把你这主席资格会员资格一同取消了吧！以后农救会的事不与你相干！"他一听要取消他的资格，就转了个弯道："我本来办不了。辞了几次也辞不退，村里只要有点事，想不管也不行！……"老杨同志道："你跟谁辞过？"他道："村公所！"老杨同志道："当日是谁教你当的？"他道："自然也是村公所！"老杨同志说："不怨你不懂，原来你就不是由农救会来的！去吧！这一回不用辞就退了！"他还要啰嗦，老杨同志挥着手道："去吧去吧！我还有别的事啦！"这才算把他赶出去。

这天因为有才回来了，邻居们都去问候，因此人来得特别多，来了又碰上老杨同志取消得贵，大家也就站住看起来了。老杨同志把得贵赶走之后，顺便向大家道："组织农救会是叫受压迫农民反对压迫自己的人。日本鬼子压迫我们，我们就反对日本鬼子；土豪恶霸压迫我们，我们就反对土豪恶霸。张得贵能领导你们反对鬼子吗？能领导着你们反对土豪恶霸吗？他能当个什么主席？……"老杨同志借着评论得贵，顺路给大家讲了讲"农救会是干什么的"，大家听得很起劲。不过忙时候总是忙时候，大家听了一小会，大部分就都回去睡了，窑里只剩下小明、小保、小顺、有才四个人（小福没有来，因为后响没有担完糠，吃过晚饭又去担去了）。老杨同志道："请你们把恒元那一伙人做的无理无法的坏事拣大的细细说几件，我把他记下来。"说着取出钢笔和笔记簿子来道："说吧！就先从喜富撤差说起！"小明道："我先说吧？说漏了大家补！"接着便说起来。他才说到喜富赔偿大家损失的事，小顺忽听窗外好像有人，便喊道："谁？"喊了一声，果然有个人冬冬冬跑了。大家停住了话，小保、小顺出来到门外一看，远远来了一个人，走近了才认得是小福。小顺道："是你？你不进来怎么跑了？"小福道："那里是我跑？是老得贵！我担完了糠一出门就见他跑过去了！"小保道："老家伙，又去报告去了！"小顺道："要防备这老家伙坏事！你们回去谈吧，我去站个岗！"小顺说罢往窑顶上的土堆上去了，大家仍旧接着谈。老杨同志把材料记了一大堆，便向大家道："我看这些材料中，押地，不实行减租，喜富不赔款，村政权不民主，这四件事最大，因为在这四件事上吃亏的是大多数。咱们要斗争他们，就要叫恒元退出押地，退出多收的租米，叫喜富照县里判决的数目赔款，彻底改选了村政干部。其余各人吃亏的事，只要各个人提出，该怎么办就怎么办，只要这样一来他们就倒台了，受压迫的老百姓就抬起头来了。"

小明道："能弄成那样，那可真是又一番世界，可惜没有阎家——如今就想不出这么个可出头的人来。有几个能写能算、见过世面、干得了说话的，又差不多跟人家近，跟咱远。"老杨同志道："现在的事情，要靠大家，不只靠一两个人——这也跟打仗一样，要凭有队伍，不能只凭指挥的人。指挥的人自然也很要紧，可是要从队伍里提拔出来的才能靠得住。你不要说没有人，我看这老槐树底的能人也不少，只要大家抬举，到个大场面上，可真能说他几句！"小保道："这道理是对的，只是说到真事上我就懵懂了。就像咱们要斗争恒元，可该怎样下手？咱又不是村里的什么干部，怎样去集合人？怎样跟人家去说？人家要说理咱怎么办？人家要翻了脸咱怎么办？……"老杨同志道："你想得很是路，咱们现在预备就是要预备这些。咱们这些人数目虽然不少，可是散着不能办事，还得组织一下。到人家进步的地方，早就有组织起来的工农妇青各救会，你们这里因为一切大权都在恶霸手里，什么组织也没有。依我说，咱们明天先把农救会组织起来，就用农救会出名跟他们说理。咱们只要按法令跟他说，他们使的黑钱、押地、多收了人家的租子，就都得退出来。他要无理混赖，现在的政府可不像从前的衙门，不论他是多么厉害的人，犯了法都敢治他的罪！"小保道："这农救会该怎么组织？"老杨同志就把《会员手册》取出来，给大家把会员的权利、义务、入会资格、组织章程等大概讲了一些，然后向大家道："我看现在很好组织，只要说组织起来能打倒恒元那一派，再不受他们的压迫，管保愿意参加的人不少！"小保道："那么明天你就叫村公所召开个大会，你把这道理先给大家宣传宣传，就叫大家报名参加，咱们就快快组织起来干！"老杨同志道："那办法使不得！"小保道："从前章工作员就是那么做的，不过后来没有等大家报名，不知道怎样老得贵就成了主席了！"老杨同志道："所以我说那办法使不得。那办法还不只是没有人报名：一来在那种大会上讲话，只能笼统讲，不能讲得很透彻；二来既然叫大家来报名，像与恒元有关系那些人想报上名给恒元打听消息，可该收呀不收？我说不用那样做：你们有两个人会编歌，就把'入了农救会能怎样怎样'编成个歌传出去，凡是真正受压迫的人听了，一定有许多人愿意入会，然后咱们出去几个人跟他们每个人背地谈谈，愿意入会的就介绍他入会。这样组织起来的会，一来没有恒元那一派的人，二来入会以后都知道会是做什么的。"大家齐声道："这样好，这样好！"小保道："那么就请有才老叔今天黑夜把歌编成，编成了只要念给小顺，不到明天晌午就能传遍。"老杨同志道："这样倒很快，不过还得找几个人去跟愿意入会的人谈话，然后介绍他们入会。"小福道："小明叔交人很宽，只要出去一转还不是一大群？"老杨同志道："我说老槐树底有能人你们看有没有？"正说着，小顺跑进来道："站了一会岗又调查出事情来了：广聚、小元、马凤鸣、启昌，都往恒元家里去了，人家恐怕也有什么布置。我到他门口看看，门关了，什么也听不见！"老杨同志道："听不见由他去吧！咱们谈咱们的。你们这几个人算是由我介绍先入了会，明天你们就可以介绍别人，天气不早了，咱们散了吧！"说了就散了。

九、斗争大胜利

自从老杨同志这天后晌碰了广聚一顿，晚上又把有才叫回，又取消张得贵的农会主席，就有许多人十分得意，暗暗道："试试！假大头也有不厉害的时候？"第二天早上，这些人都想看看老杨同志是怎么一个人，因此吃早饭时候，端着碗来老槐树底的特别多。有才应许下的新歌，夜里编成，一早起来就念给小顺了，小顺就把这歌传给大家。歌是这样念：

入了农救会，力量大几倍，
谁敢压迫咱，大家齐反对。
清算老恒元，从头算到尾；
黑租要他赔，押地要他退；
减租要认真，一颗不许昧。
干部不是人，都叫他退位；
再不吃他亏，再不受他累。
办成这些事，痛快几百倍，
想要早成功，大家快入会！

提起反对老恒元，阎家山没有几个不赞成的，再说到能叫他赔黑款，退押地……大家的劲儿自然更大了，虽然也有许多怕得罪不起人家不敢出头的，可是仇恨太深，愿意干的究竟是多数。还有人说："只要能打倒他，我情愿再贴上几亩地！"他们听了这入会歌，马上就有二三十个入会的，小保就给他们写上了名。山窝铺的佃户们，无事不到村里来。老杨同志道："谁可以去组织他们？"有才道："这我可以去！我常在他们山上放牛，跟他们最熟。"打发有才上了山，小明就到村里去活动，不到晌午就介绍了五十五个会员。小明向老杨同志道："依我看来，凡是敢说敢干的，差不多都收进来了；还有些胆子小的，虽然也跟咱是一气，可是自己又不想出头，暂且还不愿参加。"老杨同志道："不少，不少！这么大个小村子，马上说话马上能组织起五十多个人来，在我作过工作的村子里，这还算第一次遇到。从这件事上看，可以看出一般人对他们仇恨太深，斗起来一定容易胜利！事情既然这么顺当，咱们晚上就可以开个成立大会，选举出干部，分开小组，明天就能干事。这村里这么多的问题，区上还不知道，我可以连夜回区上一次，请他们明天来参加群众大会。"正说着，有才回来了，有几家佃户也跟着来了。佃户们见了老杨同志，先问："要是生起气来，人家要夺地该怎么办？"老杨同志就把法令上的永佃权给他们讲了一遍，叫他们放心。小明道："山上人也来了，我看就可以趁着晌午开个会。"老杨同志道："这样更好！晌午开了会，赶天黑我还能回到区上。"小明道："这会咱们到什么地方开？"老杨同志道："介绍会员不叫他知道，是怕那些坏家伙混进来；开成立大会可不跟他们偷偷摸摸，到大庙里成立去！"吃过了午饭，庙里的大会开了，选举的结果，小保、小明、小顺当了委员。三个人一分工，小保担任主席，小明担任组织，小顺担任宣传。选举完了，又分了小组，阎家山的农救会就算正式成立。

老杨同志向新干部们道："今天晚上，可以通知各小组，大家搜集老恒元的恶霸材料。"小顺道："我看连广聚、马凤鸣、张启昌、陈小元的材料都可以搜集。"老杨同志道："这不大妥当；马凤鸣、张启昌不是真心顾老恒元的人，照你们昨天谈的，这两个人有时候也反对恒元。咱们着个跟他说得来的人去给他说明利害关系，至少斗起恒元来他两人能不说话。小元他原来是你们招呼起来的人，只要恒元一倒，还有法子叫他变过来。把这些人暂且除过，只把劲儿用在恒元跟广聚身上，成功要容易得多。"老杨同志把这道理说完，然后叫他们多布置几个能说会道的人，预备在第二天的大会上提意见。

安顿停当，老杨同志便回到区公所去。他到区上把在阎家山发现的问题大致一谈，区救联会、武委会主任、区长，大家都莫明其妙，章工作员三番五次说不是事实，最后还是区长说："咱们不敢主观主义，不要以为咱们没有发现问题就算没有问题。依我说咱们明天都可以去参加这个会去，要真有那么大问题，就是在事实上整了我们一次风。"

老恒元也生了些鬼办法：除了用家长资格拉了几户姓阎的，又打发得贵向农救会的个别会员们说："你不要跟着他们胡闹！他们这些工作人员，三天调了，五天换了，老村长是永远不离阎家山的，等他们走了，你还出得了老村长的手心吗?"果然有几个人听了这话,去找小明要退出农救会。小明急了,跟小保小顺们商议。小顺道:"他会说咱也会说,咱们再请有才老叔编上个歌,多多写几张把村里贴满,吓他一吓!"有才编了个短歌,连编带写,小保也会写,小顺小福管贴,不大一会就把事情办了,连老恒元门上也贴了几张。第二天早上,满街都有人在墙上念歌:

> 工作员,换不换,
> 农救会,永不散,
> 只要你恒元不说理,
> 几时也要跟你干!

这样才算把得贵的谣言压住。

吃过早饭,老杨同志跟区长、救联主席、武委会主任、章工作员一同来了,一来就先到老槐树底蹓了一趟,这一着是老恒元、广聚们没有料到的,因此马上慌了手脚。

群众大会开了,恒元的违法事实,大家一天也没有提完。起先提意见的还只是农救会人,后来不是农救会人也提起意见了。恒元最没法巧辩的是押地跟不实行减租,其余捆人、打人、罚钱、吃烙饼……他虽然想尽法子巧辩,只是证据太多,一条也辩不脱。

第二天仍然继续开会,直到晌午才算开完。斗争的结果老恒元把八十四亩押地全部退回原主,退出多收了的租,退出有证据的黑钱。因为私自减了喜富的赔款,刘广聚由区公所撤职送县查办。喜富的赔款仍然如数赔出。在斗争时候,自然不能十分痛快，像退押契，改租约……也费了很大周折，不过这种斗争，人们差不多都见过，不必细叙。

吃过午饭，又选村长。这次的村长选住了小保，因此农救会又补选了委员。因为斗争胜利，要求加入农救会的人更多起来，经过了审查，又扩充了四十一个新会员。其余村政委员，除了马凤鸣跟张启昌不动外，老恒元父子也被大家罢免了另行选过。

选举完了，天也黑了，区干部连老杨同志都住在村公所，因为村里这么大问题章工作员一点也不知道，还常说老恒元是开明士绅，大家就批评了他一次。老杨同志指出他不会接近群众，一来了就跟恒元们打热闹，群众有了问题自然不敢说。其余的同志，也有说是"思想意识"问题或"思想方法"问题的，叫章同志作一番比较长期的反省。

批评结束了，大家又说起闲话，老杨同志顺便把李有才这个人介绍了一下，大家觉着这人很有趣，都说"明天早上去访一下"。

十、"板人"作总结

老杨同志跟区干部们因为晚上多谈了一会话，第二天醒得迟了一点。他们一醒来，听着村里地里到处喊叫，起先还以为出了什么事，仔细一听，才知道是唱不是喊。老杨同志是本地人，一听就懂，便向大家道："你听老百姓今天这股高兴劲儿！'干梆戏'唱得多么喧！"（这地方把不打乐器的清唱叫"干梆戏"。）

正说着，小顺唱着进公所来。他跳跳打打向老杨同志跟区干部们道："都起来了？昨天累了吧？"看神气十分得意。老杨同志问道："这场斗争老百姓觉着怎样？"小顺道："你就没有听见'干梆戏'？真是天大的高兴，比过大年高兴得多啦！地也回来了，钱也回来了，吃人虫也再不敢吃人了，什么事有这事大？"老杨同志道："李有才还在家吧？"小顺道："在！他这几天才回来没有什么事，叫他吧？"老杨同志道："不用！我们一早起好到外边蹓一下，顺路就蹓到他家了！"小顺道："那也好！走吧？"小顺领着路，大家就往老槐树底来。

才下了坡，忽然都听得有人吵架。区长问道："这是谁吵架？"小顺道："老陈骂小元啦！该骂！"区干部们问起底细，小顺道："他本来是老槐树底人，自己认不得自己，当了个武委会主任，就跟人家老恒元打成一伙，在庙里不下来。这两天斗起老恒元来了，他没处去，仍然回到老槐树底。老陈是他的叔父，看不上他那样子，就骂起他来。"区干部们听老杨同志说过这事，所以区武委会主任才来了。区武委会主任道："趁斗倒了恒元，批评他一下也是个机会。"大家本是出来闲找有才的，遇上了比较正经的事自然先办正经事，因此就先往小元家。老陈正骂得起劲，见他们来了，就停住了骂，把他们招呼进去。武委会主任也不说闲话，直截了当批评起小元来，大家也接着提出些意见，最后的结论分三条：第一是穿衣吃饭跟人家恒元们学样，人家就用这些小利来拉拢自己，自己上了当还不知道；第二是不生产，不劳动，把劳动当成丢人事，忘了自己的本分；第三是借着一点小势力就来压迫旧日的患难朋友。区武委会主任最后等小元承认了这些错误，就向他道："限你一个月把这些毛病完全改过，叫全村干部监视着你。一个月以后倘若还改不完，那就没有什么客气的了！"老陈听完了他们的话，把膝盖一拍道："好老同志们！真说得对！把我要说他的话全说完了！"又回头向小元道："你也听清楚了，也都承认过了！看你做的那些事以后还能见人不能？"老杨同志道："这老人家也不要那样生气！一个人做了错，只要能真正改过，以后仍然是好人，我们仍然以好同志看他！从前的事情已经过去了，尽责备他也无益，我看以后不如好好帮助他改过，你常跟他在一处，他的行为你都可以知道，要是见他犯了旧错，常常提醒他一下，也就是帮助了他了……"

谈了一会，已是吃早饭时候，老杨同志跟区干部们就从小元家里走出。他们路过老秦门口，冷不防见老秦出来拦住他们，跪在地下鼓冬鼓冬磕了几个头道："你们老先生们真是救命恩人呀！要不是你们诸位，我的地就算白白押死了……"老杨同志把他拉起来道："你这老人家真是认不得事！斗争老恒元是农救会发动的，说理时候是全村人跟他说的，我们不过是几个调解人。你的真恩人是农救会，是全村民众，那里是我们？依我说你也不用找人谢恩，只要以后遇着大家的事靠前一点，大家是你的恩人，你也是大家的恩人……"老秦还要让他们到家里吃饭，他们推推让让走开。

李有才见小顺说老杨同志跟区干部们找他，所以一吃了饭，取起他的旱烟袋就往村公所来。从他走路的脚步上，可以看出比那一天也有劲。他一进庙门，见区村干部跟老杨同志都在，便道："找我吗？我来了！"小保道："这老叔今天也这么高兴？"有才道："十五年不见的老朋友，今天回来了，怎能不高兴？"小明想了一想问道："你说的是个谁？我怎么想不起来？"有才道："一说你就想起来了！我那三亩地不是押了十五年了吗？"他一说大家都想起来了，不由得大笑了一阵。

老杨同志向有才道："最好你也在村里担任点工作干，你很有才干，也很热心！"小明道："当个民众夜校教员还不是呱呱叫？"大家拍手道："对！对！最合适！"

老杨同志向有才道："大家想请你把这次斗争编个纪念歌好不好？"有才道："可以！"他想了一会，向大家道："成了成了！"接着念道：

> 阎家山，翻天地，
> 群众会，大胜利。
> 老恒元，泄了气，
> 退租退款又退地。
> 刘广聚，大舞弊，
> 犯了罪，没人替。
> 全村人，很得意，
> 再也不受冤枉气，
> 从村里，到野地，
> 到处唱起"干梆戏"。

大家听他念了，都说不错，老杨同志道："这就算这场事

李有才板话　　**65**

情的一个总结吧！"

　　谈了一小会，区干部回区上去了，老杨同志还暂留在这一带突击秋收工作，同时在工作中健全各救会组织。

一九四三年一○月写于太行

登　记

赵树理

一、罗汉钱

诸位朋友们：今天让我来说个新故事。这个故事题目叫《登记》，要从一个罗汉钱说起。

这个故事要是出在三十年前，"罗汉钱"这东西就不用解释；可惜我要说的故事是个新故事，听书的朋友们又有一大半是年轻人，因此在没有说故事以前，就得先把"罗汉钱"这东西交代一下：

据说罗汉钱是清朝康熙年间铸的一种特别钱，个子也和普通的康熙钱一样大小，只是"康熙"的"熙"字左边少一直画；铜的颜色特别黄，看起来有点像黄金。相传铸那一种钱的时候，把一个金罗汉化在铜里边，因此一个钱有三成金。这种传说可靠不可靠不是我们要管的事，不过这种钱确实有点可爱——农村里的青年小伙子们，爱漂亮的，常好在口里衔一个罗汉钱，和城市人们爱包镶金牙的习惯一样，直到现在还有些偏僻的地方仍然保留着这种习惯；有的用五个钱叫银匠给打一只戒指，戴到手上活像金的。不过要在好多钱里挑一个罗汉钱可很不容易：兴制钱的时候，聪明的孩子们，常好在大人拿回来的钱里边挑，一年半载也不见得能碰见一个。制钱虽说不兴了，罗汉钱可是谁也不出手的，可惜是没有几个。说过了钱，就该说故事：

有个农村叫张家庄。张家庄有个张木匠。张木匠有个好老婆，外号叫个"小飞蛾"。小飞蛾生了个女儿叫"艾艾"，算到一九五〇年阴历正月十五元宵节，虚岁二十，周岁十九。庄上有个青年叫"小晚"，正和艾艾搞恋爱。故事就出在他们两个人身上。

照我这么说，性急的朋友们或者要说我不在行："怎么一个'罗汉钱'还要交代半天，说到故事中间的人物，反而一句也不交代？照这样说下去，不是五分钟就说完了吗？"其实不然：有些事情不到交代时候，早早交代出来是累赘；到了该交代的时候，想不交代也不行。闲话少说，我还是接着说吧：

张木匠一家就这么三口人——他两口子和这个女儿艾艾——独住一个小院：他两口住北房，艾艾住西房。今年阴历正月十五夜里，庄上又要玩龙灯，张木匠是老把式，甩尾巴的，吃过晚饭丢下碗就出去玩去了。艾艾洗罢了锅碗，就跟她妈相跟着，锁上院门，也出去看灯去了。后来三个人走了个三岔：张木匠玩龙灯，小飞蛾满街看热闹，艾艾可只看放花炮起火，因为花炮起火是小晚放的。艾艾等小晚放完了花炮起火就回去了，小飞蛾在各街道上飞了一遍也回去了，只有张木匠不玩到底放不下手，因此他回去得最晚。

艾艾回得北房里等了一阵等不回她妈来，就倒在她妈的床上睡着了。小飞蛾回来见闺女睡在自己的床上，就轻轻推了一把说："艾艾！醒醒！"艾艾没有醒来，只翻了一个身，有一个明晃晃的小东西从她衣裳口袋里溜出来，丁零一声掉到地下，小飞蛾端过灯来一看："这闺女！几时把我的罗汉钱偷到手？"她的罗汉钱原来藏在板箱子里边的首饰匣子里。这时候，她也不再叫艾艾，先去放的罗汉钱。她拿出钥匙来，先开了箱子上的锁，又开了首饰匣子上的锁，到她原来放钱的地方放钱："咦！怎么我的钱还在？"摸出来拿到灯下一看：一样，都是罗汉钱，她自己那一个因为隔着两层木头没有见过潮湿气，还是那么黄，只是不如艾艾那个亮一点。她看了艾艾一眼，艾艾仍然睡得那么憨。她自言自语说："憨闺女！你怎么也会干这个了？说不定也是戒指换的吧？"她看看艾艾的两只手，光光的；捏了捏口袋，似乎有个戒指，掏出来一看是顶针圈儿。她叹了一口气说："唉！算个甚？娘儿们一对戒指，换了两个罗汉钱！明天叫五婶再去一趟赶快给她把婆家说定了就算了！不要等闹出什么故事来！"她把顶针圈儿还给艾艾装回口袋里去，拿着两个罗汉钱想起她自己那一个钱的来历。

这里就非交代一下不行了。为了要说明小飞蛾那个罗汉钱的来历，先得从小飞蛾为什么叫"小飞蛾"说起：

二十多年前，张木匠在一个阴历腊月三十日娶亲。娶的这一天，庄上人都去看热闹。当新媳妇取去了盖头红的时候，一个青年小伙子对着另一个小伙子的耳朵悄悄说："看！小飞蛾！"那个小伙子笑了一笑说："活像！"不多一会，屋里、院里，你的嘴对我的耳朵，我的嘴又对他的耳朵，各哩各得都嚷嚷这三个字——"小飞蛾""小飞蛾""小飞蛾"……

原来这地方一个梆子戏班里有个有名的武旦，身材不很高，那时候也不过二十来岁，一出场，抬手动脚都有戏，眉毛眼睛都会说话。唱《金山寺》她装白娘娘，跑起来白罗裙满台飞，一个人撑满台，好像一只蚕蛾儿，人都叫她"小飞蛾"。张木匠娶的这个新媳妇就像她——叫张木匠自己说，也说是"越看越像"。

第二天是大年初一，按这地方的习惯，用两个妇女搀着新媳妇，一个小孩在头里背条红毯儿，到邻近各家去拜个年——不过只是走到就算，并不真正磕头。早饭以后，背红毯的孩子刚一出门，有个青年就远远地喊叫："都快看！小飞蛾出来了！"他这么一喊，马上聚了一堆人，好像正月十五看龙灯那么热闹，新媳妇的一举一动大家都很关心："看看！进了她隔壁五婶院子里了！""又出来了又出来了！到老秋孩院子里去了！……"

张木匠娶了这么个媳妇，当然觉得是得了个宝贝，一九里，除了给舅舅去拜了一趟年，再也不愿意出门，连明带夜陪着小飞蛾玩；穿起小飞蛾的花衣裳扮女人，想逗小飞蛾笑；偷了小飞蛾的斗方戒指，故意要叫小飞蛾满屋子里撵他……可是小飞蛾偏没心情，只冷冷地跟他说："不要打哈哈！"

几个月过后，不知道谁从小飞蛾的娘家东王庄带了一件消息来，说小飞蛾在娘家有个相好的叫保安。这消息传到张家庄，有些青年小伙子就和张木匠开玩笑："小木匠，回去先咳嗽一声，不要叫跟保安碰了头！""小飞蛾是你的？至少有人家保安一半！"张木匠听了这些话，才明白了小飞蛾对自己冷淡的原因，好几次想跟小飞蛾生气，可是一进了家门，就又退一步想："过去的事不提它吧，只要以后不胡来就算了！"后来这消息传到他妈耳朵里，他妈把他叫到背地里，骂了他一顿"没骨头"，骂罢了又劝他说："人是苦虫！痛痛打一顿就改过来了！舍不得了不得……"他受过了这顿教训以后，就好好留心找小飞蛾的岔子。

有一次他到丈人家里去，碰见保安手上戴了个斗方戒指，和小飞蛾的戒指一个样；回来一看小飞蛾手，小飞蛾的戒指果然只留下一只。"他妈的！真是有人家保安一半！"他把这消息报告了他妈，他妈说："快打吧！如今打还打得过来！要打就打她个够受！轻来轻去不抵事！"他正一肚子肮脏气，他妈又给他打了打算盘，自然就非打不行了。他拉了一根铁火柱正要走，他妈一把拉住他说："快丢手！不能使这个！细家伙打得疼，又不伤骨头，顶好是用小锯子上的梁！"

他从他的一捆木匠家具里边抽出一条小锯梁子来，尺半长，一指厚，木头很结实，打起来管保很得劲。他妈为什么知道这家具好打人呢？原来他妈当年轻时候也有过小飞蛾跟保安那些事，后来是被老木匠用这家具打过来的。闲话少说，张木匠拿上这件得劲的家伙，黑丧着脸从他妈的房子里走出来，回到自己的房里去。

小飞蛾见他一进门，照例应酬了他一下说："你拿的那个是什么？"张木匠没有理她的话，用锯梁子指着她的手说：

"戒指怎么只剩了一只？说！"这一问，问得小飞蛾头发根一支杈。小飞蛾抬头看看他的脸，看见他的眼睛要吃人，吓得她马上没有答上话来，张木匠的锯梁子早就打在她的腿上了。她是个娇闺女，从来没有挨过谁一下打，才挨了一下，痛得她叫了一声低下头去摸腿，又被张木匠抓住她的头发，把她按在床边上，拉下裤子来"披、披、披"一连打了好几十下。她起先还怕招得人来看笑话，憋住气不想哭，后来实在支不住了，只顾喘气，想哭也哭不上来。等到张木匠打得没了劲扔了家伙走出去，她觉得浑身的筋往一处抽，喘了半天才哭了一声就又压住了气，头上的汗，把头发湿得跟在热汤里捞出来的一样，就这样喘一阵哭一声喘一阵哭一声，差不多有一顿饭工夫哭声才连起来。一家住一院，外边人听不见，张木匠打罢了早已走了，婆婆连看也不来看，远远地在北房里喊："还哭什么？看多么排场？多么有体面？"小飞蛾哭了一阵以后，屁股蛋疼得好像谁用锥子剜，摸了一摸满手血，咬着牙兜起裤子，站也站不住。

她的戒指是怎样送给保安的，以后张木匠也没有问，她自己自然也没有说。原来是她在端午那一天到娘家去过节，保安想要她个贴身的东西，她给保安卸了一个戒指；她也要叫保安给他个贴身的东西，保安把口里衔的罗汉钱送了她。

自从她挨下了这一顿打之后，这个罗汉钱更成了她的宝贝。人怕伤了心：从挨打那天起，她看见张木匠好像看见了狼，没有说话先哆嗦。张木匠也莫想看上她一个笑脸——每次回来，从门外看见她还是活人，一进门就变成死人了。有一次，一个鸡要下蛋，没有回窝里去，小飞蛾正在院里撵，张木匠从外边回来，看见她那神气，真有点像在戏台上系着白罗裙唱白娘娘的那个小飞蛾，可是小飞蛾一看见他，就连鸡也不撵了，赶紧规规矩矩走回房子里去。张木匠生了气，撵到房子里跟她说："人说你是'小飞蛾'，怎么一见了我就把你那翅膀耷拉下来了？我是狼？""呱"一个耳刮子。小飞蛾因为不愿多挨耳刮子，也想在张木匠面前装个笑脸，可惜是不论怎么装也装得不像，还不如不装。张木匠看不上活泼的小飞蛾，觉着家里没了趣，以后到外边做活，一年半载不回家，路过家门口也不愿进去，听说在外面找了好几个相好的。张木匠走了，家里只留下婆媳两个。婆婆跟丈夫是一势，一天跟小飞蛾说不够两句话，路上碰着了扭着脸走，小飞蛾离娘家虽然不远，可是有嫌疑，去不得；娘家爹妈听说闺女丢了丑，也没有脸来看望。这样一来，全世界上再没有一个人跟小飞蛾是一势了，小飞蛾只好一面伺候婆婆，一面偷偷地玩她那个罗汉钱。她每天晚上打发婆婆睡了觉，回到自己房子里关上门，把罗汉钱拿出来看了又看，有时候对着罗汉钱悄悄说："罗汉钱！要命也是你，保命也是你！人家打死我我也不舍你！咱俩死活在一起！"她有时候变得跟小孩子一样，把罗汉钱暖到手心里，贴到脸上，按到胸上，衔到口里……除了张木匠回家来那有数的几天以外，每天晚上她都是离了罗汉钱睡不着觉，直到生了艾艾，才把它存到首饰匣子里。

她剩下的那只戒指是自从挨打之后就放进首饰匣子里去的。当艾艾长到十五那一年，她拿出匣子来给艾艾找帽花，艾艾看见了戒指就要。她生怕艾艾再看见罗汉钱，赶快把戒指给了艾艾就把匣子锁起来了。那时候张木匠和小飞蛾的关系比以前好了一点，因为闺女也大了，他妈也死了，小飞蛾和保安也早就没有联系了。又因为两口子只生了艾艾这么个闺女，两个人也常借着女儿开开玩笑。艾艾戴上了小飞蛾那只斗方戒指，张木匠指着说："这原来是一对来！"艾艾问："那一只哩？"张木匠说："问你妈！"艾艾正要问小飞蛾，小飞蛾翻了张木匠一眼。艾艾只当是她妈丢了，也就不问了。这只戒指就是这么着到了艾艾手的。

以前的事已经交代清楚，再回头来接着说今年（一九五○年）正月十五夜里的事吧：

小飞蛾手里拿着两个罗汉钱，想起自己那个钱的来历来，其中酸辣苦甜什么味儿也有过：说这算件好事吧，跟着它吃了多少苦；说这算件坏事吧，想一遍也满有味。自己这个，不论好坏都算过去了；闺女这个又算件什么事呢？把它没收了吧，说不定闺女为它费了多少心；悄悄还给她吧，难道看着她走自己的伤心路吗？她正在想来想去得不着主意，听见门外有人走得响，张木匠玩罢了龙灯回来了，因此她也再顾不上考虑，两个钱随便往箱里一丢，就把箱子锁住。

这时候鸡都快叫了，张木匠见艾艾还没有回房去睡，就发了脾气："艾艾，起来！"因为他喊的声音太大，吓得艾艾哆嗦了一下一骨碌爬起来，瞪着眼问："什么事，什么事？"小飞蛾说："不能慢慢叫？看你把闺女吓得那个样子！"又向艾艾说："艾！醒了没有？什么事也没有，你爹叫你回去睡哩！"张木匠说："看你把她惯成什么样子！"艾艾这才醒过来，什么也没有说，笑了一笑就走了。

张木匠听得艾艾回西房去关上门，自己也把门关上，回头一边脱衣服一边悄悄跟小飞蛾说："这二年给咱艾艾提亲的那么多，你总是挑来挑去都觉着不合适。东院五婶说的那一家有成呀没成？快把她出脱了吧！外面的闲话可大哩！人家都说：一个马家院的燕燕，一个咱家的艾艾，是村里两个招风的东西。如今燕燕有了主了，就光剩下咱艾艾了！"小飞蛾说："不是听说村公所不准燕燕跟小进结婚吗？我听说他们两个要到区上登记，村公所不给开证明，后来怎么又说成了？"张木匠说："人家说她招风，就指的是她跟小进的事，当然人家不给他们证明！后来说的另是一家西王庄的，是五婶给保的媒，后天就要去办登记！"小飞蛾说："我看村公所那些人也是些假正经，瞎挑眼！既然嫌咱艾艾的声名不好，这二年说媒的为什么那么多哩？民事主任为什么还托着五婶给他的外甥提哩？"张木匠说："我这几天只顾玩灯，也忘记了问你：这一家这几年过得究竟怎么样？"小飞蛾说："我也摸不着！虽说都在一个东王庄，可是人家住在南头，我妈住在北头，没有事也不常走动。五婶说她明天还要去，要不我明天也到我妈家走一趟，顺便到他家里看看去吧？"张木匠说："也可以！"停了一下子他又问小飞蛾说："我再问你个没大小的话：咱艾艾跟小晚究竟是有的事呀没的事？"小飞蛾当然不愿意把罗汉钱的事告诉给他，只推他说："不用管这些吧！闺女大了，找个婆家打发出去就不生事了！"

二、眼力

　　艾艾也和她妈年轻时候一样，自从有了罗汉钱，每天晚上把钱捏在手里，衔在口里睡觉。这天晚上回去把衣服上的口袋摸遍了，也找不着罗汉钱，掌着灯满地找也找不着，只好空空地睡了。第二天早晨她比谁也起得早，为了找罗汉钱，起来先扫地，扫得特别细致——结果自然还是找不着。停了一会，她听见妈妈开了门，她就又跑去给她妈扫地。她妈见她钻到床底下去扫，明知道她是找钱，也明知道是白费工夫找不着，可是也不好向她说破，只笑着说了一句："看我的艾艾多么孝顺？"

吃过早饭，五婶来叫小飞蛾往娘家去，张木匠照着二十多年来的老习惯自然要跟着去。

张木匠这个老习惯还得交代一下：自从二十多年前他发现小飞蛾把一只戒指送给了保安以后，知道小飞蛾并不爱他，不是就跟小飞蛾不好了吗？可是每当小飞蛾要去娘家的时候，他就又好像很爱护她，步步不离她。后来他妈也死了，艾艾也长大了，两个人的关系又定下来了，可是还不改这个老习惯。有一回，小飞蛾说："还不放心吗？"张木匠说："反正跟惯了，还是跟着去吧！"直到现在还是这样。

五婶、张木匠、小飞蛾三个人都要动身了，小飞蛾说："艾艾！你不去看看你姥姥？"艾艾说："我不去！初三不是才去过了吗？"张木匠说："不去就不去吧！好好给我看家！不要到外边飞去！"说罢，三个人就相跟着走了。

艾艾仍忘不了找她的罗汉钱。她要是寻出钥匙，到箱子里去找，管保还能多找出一个来，不过她梦也梦不到箱子里，她只沿着她到过的地方找，直找到晌午仍是没有影踪。钱找不着，也没有心思做饭吃，天气晌午多了，她只烤了两个馒头吃了吃。

　　刚刚吃过馒头，小晚来了。艾艾拉住小晚的手，第一句话就是："罗汉钱丢了！""丢就丢了吧！""气得我连饭也吃不下去！""那也值得生个气？我看那都算不了什么！在着能抵什么用？听说你爹你妈跟东院里五奶奶去给你找主儿去了。是不是？""咱哪里知道那老不死的为什么那么爱管闲事？""咱们这算吹了吧？""吹不了！""要是人家说成了呢？""成不了！""为什么？""我不干！""由得了你？""试试看！"正说着，外边有人进来，两个人赶快停住。

　　进来的是马家院的燕燕。艾艾说："燕燕姐！快坐下！"燕燕看见只有他们两个人，就笑着说："对不起！我还是躲开点好！"艾艾笑了笑没答话，按住肩膀把她按得坐到凳子上。燕燕问："你们的事怎么样？想出办法来了没有？"艾艾说："我们正谈这个！"燕燕的眼圈一红接着就说："要办快想法，不要学我这没出息的耽搁了事！"说了这么句话，眼里就滚出两点泪来，引得艾艾和小晚也陪着她伤心，眼边也湿了。

　　过了一阵，三个人都揉了揉眼，小晚问燕燕："不是还没有登记？"燕燕说："明天就要去！"艾艾问："这个人怎么样？"燕燕说："谁可见过人家个影儿？"艾艾又问："不能改口了吗？"燕燕说："我妈说：'你不愿意我就死在你手！'我还说什么？"艾艾说："去年腊月你跟小进到村公所去写证明信，村公所不给写，是怎么说的？什么理由？"燕燕说："什么理由！还不是民事主任那个死脑筋作怪？人家说咱声名不正，除不给写信，还叫我检讨哩！"小晚说："明天你再去了，人家民事主任就不要你检讨了吗？"燕燕说："那还用我亲自去？只要是父母主婚，谁去也写得出来；真正自由的除不给写还要叫检讨！就那人家还说是反对父母主婚！"小晚向艾艾说："我看咱这算吹了！五奶奶今天去给你说的这个，一来是人家民事主任的外甥，二来又有你妈作主。你妈今天要听了东院五奶奶的话，回来也跟你死呀活呀地一闹，明天你还不跟人家到区上去登记？"艾艾说："我妈可不跟我闹，她还只怕我闹她哩！"

正说着，门外跑进一个人来，隔着窗就先喊叫："老张叔叔，老张叔叔！"艾艾拉了燕燕一把说："小进哥哥又来找你！"还没等燕燕答话，小进就跑进来了。燕燕本来想找他诉一诉苦，两三天也没有找着个空子，这会见他来了，赶快和艾艾坐到床边，把凳子空出来让他坐，两眼直对着他，可是一时想不起来该怎样开口。小进没有理她，也没有坐，只朝着艾艾说："老张叔叔哩？场上好多人请他教我们玩龙灯去哩！"艾艾说："我爹到我姥姥家去了。你快坐下！"小进说："我还有事！"说着翻了燕燕一眼就走出去，走到院里，又故意叫着小晚说："小晚！到外边玩玩去吧，瞎磨那些闲工夫有什么用处？回去叫你爹花上几石米吧！有的是！"说着就走远了。燕燕一肚子冤枉没处说，一埋头趴在床边哭起来，艾艾和小晚两个人劝也劝不住。

劝了一会，燕燕忍住了哭跟他两个人说："我劝你们早些想想办法吧！你看弄成这个样子伤心不伤心？"艾艾说："你看有什么办法？村里的大人们都是些老脑筋，谁也不愿揽咱的事，想找个人到我妈跟前提一提也找不着。"小晚说："说好话的没有，说坏话的可不少，成天有人劝我爹说：'早些给孩子定上一个吧！不要叫尽管耽搁着！'"燕燕猛然间挺起腰来，跟发誓一样地说："我来当你们的介绍人！我管跟你们两头的大人们提这事！"又跟艾艾说："一村里就咱这么两个不要脸闺女，已经耽搁了一个我，难道叫连你也耽搁了？"小晚站起来说："燕燕姐！我给你敬个礼！不论行不行冒跟我爹提一提！不行也不过是吹了吧？总比这么着不长不短好得多！就这样吧，我得走了！不要让民事主任碰上了再叫你们检讨！"说了就走了。

艾艾又和燕燕计划了一下，见了谁该怎样说见了谁该怎样说，东院里五奶奶要给民事主任的外甥说成了又该怎样顶，她两人正计划得起劲，小飞蛾回来了。她两个让小飞蛾坐了之后，燕燕正打算提个头儿，可是还没有等她开口，五婶就赶来了。五婶说："不论说人，不论说家，都没有什么包弹①的！婆婆就是咱村民事主任的姐姐，你还不知道人家那脾气多么好？闺女到那里管保受不了气！你还是不要错打了主意！"小飞蛾说："话叫有着吧！回头我再和她爹商量商量！"五婶见小飞蛾不愿意，又应酬了几句就走了，艾艾可喜得满脸笑涡。

小飞蛾为什么不愿意呢？这就得谈谈她这一次去娘家的经过：早饭后他们三个人相跟着到了东王庄，先到了小飞蛾她妈家里。五婶叫小飞蛾跟她到民事主任的外甥家里看看去，小飞蛾说："相跟去了不好！不如你先到他家去，我随后再去，就说是去叫你相跟着回去，省得人家说咱是亲自送上门的！"

南头这家也只有三口人——老两口，一个孩子——就是张

---

① 包弹，方言，挑剔、嫌弃的意思。

家庄民事主任的姐姐、姐夫和外甥；孩子玩去了，家里只剩下老两口。五婶一进去，老汉老婆齐让坐。几句见面话说过后，老汉就问："你说的那三家，究竟是哪一家合适些？"五婶说："依我看都差不多，不过那两家都有主了，如今只剩下小飞蛾家这一个了！"老汉说："怎么那么快？"五婶说："十八九的大姑娘自然快得很了！"老婆向老汉说："我叫快点决定，你偏是那么慢腾腾地拖！好的都叫人家挑完了！"五婶故意说："小一点的不少！就再说个十四五的吧？反正还比你的孩子大！"老婆说："老嫂子！不要说笑话了！我要是愿意要十四五的，还用得搬你这么大的面子吗？"五婶说："要大的可算再找不上！你怎么说'好的都叫人家挑完了'？我看三个里头，就还数人家小飞蛾这一个标致！我想你也该见过吧！长得不是跟二十年前的小飞蛾一个样吗？"老婆说："人样儿满说得过去，不过听说她声名不正！"五婶说："要不是那点毛病，还能留到十八九不占个家吗？以前那两个不一样吗？"老婆说："要是有那个毛病，咱不是花着钱买个气布袋吗？"五婶说："你不要听外人瞎谣传！要真有大毛病的话，你娘家兄弟还叫我来给你提吗？那点小毛病也算不了什么，只要到咱家改过来就行了！"老汉说："还改什么？什么样的老母下什么样的儿！小飞蛾从小就是那么个东西！"五婶说："改得了！人是苦虫！痛痛打一顿以后就没有事了！"老汉说："生就的骨头，哪里打得过来？"五婶说："打得过来，打得过来！小飞蛾那时候，还不是张木匠一顿锯梁子打过来的？"

　　他们正说到这里，小飞蛾正走到当院里，正赶上听见五婶末了说的那两句话。她一听，马上停了步，看了看院里没人，就又悄悄溜出院来往回走。她想："难道这挨打也得一辈传一辈吗？去你妈的！我的闺女用不着请你管教！"回到她家里，她妈和张木匠都问："怎么样？"她说："不行！不跟他来！"大家又问她为什么，她说："不提他吧！反正不合适！"她妈见她咕嘟着个嘴，问她怎么那样不高兴，她自然不便细说，只说是"昨天晚上熬了夜"，说了就到套间里睡觉去了。

其实她怎么睡得着呢？五婶那两句话好像戳破了她的旧伤口，新事旧事，想起来再也放不下。她想："我娘儿们的命运为什么这么一样呢？当初不知道是什么鬼跟上了我，叫我用一只戒指换了个罗汉钱，害得后来被人家打了个半死，直到现在还跟犯人一样，一出门人家就得在后边押解着。如今这事又出在我的艾艾身上了。真是冤孽：我会干这没出息事，你偏也会！从这前半截事情看起来，娘儿们好像钻在一个圈子里。傻孩子呀！这个圈子，你妈半辈子没得跳出去，难道你就也跳不出去了吗？"她又前前后后想了一下：不论是和她年纪差不多的姊妹们，不论是才出了阁的姑娘们，凡有像罗汉钱这一类行为的，就没有一个不挨打——婆婆打，丈夫打，寻自尽的，守活寡的……"反正挨打的根儿已经扎下了！贱骨头！不争气！许就许了吧！不论嫁给谁还不是一样挨打？"头脑要是简单一点，打下这么个主意也就算了，可是她的头脑偏不那么简单，闭上了眼睛，就又想起张木匠打她那时候那股牛劲：瞪起那两只吃人的眼睛，用尽他那一身气力，满把子揪住头发往那床沿上"扑差"一按，跟打骡子一样一连打几十下也不让人喘口气……"妈呀！怕煞人了！二十年来，几时想起来都是满身打哆嗦！不行！我的艾艾哪里受得住这个？……"就这样反一遍、正一遍尽管想，晌午就连一点什么也吃不下去，为着应付她妈，胡乱吃了了四五个饺子。

午饭以后，五婶等不着她，就到她妈家里来找。五婶还要请她到南头看看，她说"怕天气晚了赶天黑趁不到家"。三个人往张家庄走，五婶还要跟她麻烦，说了民事主任的外甥一百二十分好。她因为不想听下去，又拿出二十多年前那"小飞蛾"的精神在前边飞，虽说只跟五婶差十来步远，可弄得五婶直赶了一路也没有赶上她。进了村，张木匠被一伙学着玩龙灯的青年叫到场里去了，小飞蛾一直飞回了家。五婶还不甘心，就赶到小飞蛾家里，后来碰了个软钉子，应酬了几句就走了。艾艾见她妈没有答应了，自然眉开眼笑；燕燕看见这情形，也觉得着要说的话更好说一点。

燕燕趁着小飞蛾没有注意，给艾艾递了个眼色叫她走开。艾艾走开了，燕燕就向小飞蛾："婶婶！我也给艾艾做个媒吧？"小飞蛾觉着她有点孩子气，笑着跟她说："你怎么也能做媒？"燕燕也笑着说："我怎么就不能做媒？"小飞蛾说："你有人家东院五婶那张嘴？"燕燕说："她那么会说，怎么还没有把你说得答应了她？"小飞蛾说："不合适我就能答应她了？"燕燕说："可见全看合适不合适，不在乎会说不会说！我提一个管保合适！"小飞蛾说："你冒说说！"燕燕说："我提小晚！"小飞蛾说："我早就知道你说的是他！快不要提他！你们这些闺女家，以后要放稳重点！外边闲话一大堆！"燕燕说："我也学东院五奶奶几句话：'不论说人，不论说家，都没有什么包弹的！'不过我的话比她的话实在得多，不像她那老糊涂，'有的说没的道！'婶婶！你想想我的话对不对？"小飞蛾说："你光说好的，不说坏的！外边的闲话你挡得住吗？"燕燕说："闲话也不过出在小晚身上，说闲话的人又都是些老脑筋，索性把艾艾嫁给小晚，看他们还有什么说的？"小飞蛾一想："这孩子不敢轻看！这么办了，管保以后不生闲气，挨打这件事也就再不用传给艾艾了！"她这么一想，觉着燕燕实在伶俐可爱，就伸手抚摩着燕燕的头发说："好孩子！你还当得了个媒人！"燕燕见她转过弯来，就紧赶着问她："婶婶！你算愿意了吧？"小飞蛾说："好孩子！不要急！还有你叔叔！等他回来跟他商量商量！"

燕燕说服了小飞蛾，就辞别过小飞蛾去给艾艾报喜信，不想一出门，艾艾就站在窗外。艾艾拉住她的手，叫她不要声张。两个人相跟着到了院门外，燕燕说："都听见了吧！"艾艾说："听见了！谢谢你！"燕燕说："且不要谢，还有一头哩！你先到街上看灯去，到合作社门口那个热闹地方等着我，我到小晚家试试看！"说了就走了。

燕燕到了小晚家，也走的是妇女路线，先和小晚他娘接头。这地方的普通习惯，只要女家吐了口，男家的话好说，没有费多大工夫，就说妥了。

她跑到合作社门口，拉上艾艾走到个僻静处，把胜利的结果一报告，并且说："只要你妈今天晚上能跟你爹说通，明天就可以去登记。"艾艾听罢，自然是千恩万谢高高兴兴回去了。剩下她想想人家的事，又想想自己的事，两下一对照，伤心得很，趁着这个僻静地方，悄悄哭了一大阵，直到街上人都散了她才回去，回去躺下之后，一直考虑"明天到区上还是牺牲自己呀，还是得罪妈妈"，一夜也不曾合上眼。

小飞蛾呢？自从燕燕和艾艾走出去，她把小晚这一家子细细研究了好几遍：日子也过得，家里也和气，大人们脾气都很平和，孩子又漂亮又正干，年纪也相当，挑来挑去挑不着毛病。这时候，她完全同意了，暗暗夸奖艾艾说："好孩子！你的眼力不错！说闲话的人真是老脑筋！"想到这里，她又想起头一天晚上那个罗汉钱。她又揭开箱子找出那个钱来，心想还了艾艾，又想不到该怎样还她。她正拿着这个在手里搓来搓去想法子，艾艾一股劲跑回来。艾艾看见她手里有个东西，就问："妈！你拿了个什么的？"小飞蛾用两根指头捏起来向她说："罗汉钱！""哪儿来的？""我拾（拣）的！""妈！那是我的！""你哪儿来的？""我，我也是拾的！"艾艾说着就笑了。小飞蛾看了看她的脸说："是你的还给了你！"艾艾接过来还装在她的衣裳口袋里。

一会，张木匠玩罢龙灯回来了，艾艾回房去做她的好梦，张木匠和小飞蛾商量艾艾的婚事。

三、不准登记

当天晚上，艾艾回房以后，明知道她的爹妈要谈自己的婚事，自然睡不着觉，爬在窗上听了一会，因为隔着半个院子两重窗，也听不出道理来，只听见了两句话。听见两句什么话呢？当她爹妈谈了一阵争执起来之后，她妈说："你说这么办了有什么坏处？"她爹说："坏处是没有，不过挡不住村里人说闲话！"以后的声音又都低下去，艾艾就听不见了。

这一晚艾艾自然没有睡好，第二天早晨起来，本来想先去找燕燕，可是乡村姑娘们，要是家里没有个嫂嫂的话，扫地、抹灰尘、生火做饭、洗锅碗这几件事就成了自己照例的公事，非办不行。她只担心燕燕往区上走了，好容易等到吃过饭，把碗筷收拾起来泡到锅里，偷偷地用锅盖盖起来就跑到燕燕家里去。

她本来想请燕燕替她问一问她妈和她爹商量的结果如何，可是一到了燕燕家，就碰上了别的情况，这番话就不得不搁一搁。这时候，燕燕在床上躺着，她妈坐在那里央告她起来，五婶站在地上等候着。艾艾问："燕燕姐怎么样了？"燕燕她妈说："燕燕只怕呕不死我哩！"燕燕躺着说："都由了你了，还要说我是跟你呕气！"她妈说："不是呕气怎么不起来啊？好孩子！不要呕了快起！来让你五奶奶给你说说到区上的规矩！再到村公所要上一封介绍信，快走吧！天不早了！"燕燕说："我死也不去村公所！我还怕民事主任再要我检讨哩！"她妈说："小奶奶！你不去村公所我替你去！可是你也得起来叫你五奶奶给你说说规矩呀？"燕燕赌着气坐起来说："分明是按老封建规矩办事，偏要叫人假眉三道去出洋相！什么好规矩？说吧！"五婶见她的气色不好，就先劝她说："孩子！再不要别别扭扭的！要喜欢一点！这是恭喜事！"燕燕说："快说你们那假眉三道的规矩吧！什么恭喜事？你们喜的吧，我也喜的？"五婶说："算了算了！气话不要说了！到了区上，我把介绍信递给王助理员。王助理员看了信，问你多大了，你就说多大了；问你是'自愿'吗？你就说'自愿'……"燕燕说："这哪里能算自愿？"五婶说："傻孩子！你就那么说对了！问过自愿以后，他要不再问什么就算了，他要再问你为什么愿意，你就说'因为他能劳动'。"燕燕说："屁！我连人家个鬼影儿也没有见过，怎么知道人家劳动不劳动？"她妈说："我这闺女的主意可真哩！呕不死我总不能算拉倒！"燕燕说："妈！这怎么能算是我呕你？我真正是不知道呀！你也不要生气了！要我说什么我给你说什么好了！反正就是个我来！五奶奶！还有什么鬼路道，一股气说完了算！我都照着你的来！"五婶说："也再没有什么了！"

这时候，小晚来找艾艾，见燕燕母女俩闹得不开交，也就站住来看结果。结果是燕燕答应到了区上照五婶的话说，她妈跟五婶替她到村公所去要介绍信。

等燕燕她妈跟五婶出去之后，艾艾跟燕燕说："燕燕姊！你今天不高兴，我也不知道该怎样劝劝你……"燕燕说："我这辈子算现成了，还有什么高兴不高兴？我还没有问你：你爹同意不同意？"艾艾说："我也不好问！你今天遇了事了，改日再说吧！"燕燕说："不！我偏要马上管！要管管到底，不要叫都弄成我这样！能办成一件也叫我妈长长见识！你就在我这里等一等，让我去问一问你妈，要是答应了，咱们相跟到区上去！"

燕燕走了，剩下了小晚和艾艾。艾艾说："听我爹那口气，好像也不反对，听说你家的大人们也愿意了，现在担心的只是民事主任的介绍信！"小晚说："我也是这么想：咱庄上凡是他插过腿的事，不依了他就都出不了他的手。别看他口口声声说你声名不好，只要嫁给他的外甥，管保就没事了！"艾艾说："对！事情是明明白白的！他不给咱们写，咱们该怎么办？"两个人都愣了，谁也想不出办法来。停了一会，燕燕回来了，说是张木匠也愿意了，可以一同到区上去登记。艾艾跟她说到村公所写介绍信不容易，她也觉着是一件难事，后来想了想说："你们去吧！趁着他给我写罢了你们就提出，他要是不愿意写的话，你们就问他：'别人来了可以替人写，亲自来了为什么不行？'看他说什么！"小晚："对！他要是再不给写，咱俩就不拿介绍信到区上去登记。区上问起介绍信，咱就说民事主任是封建脑筋，别人去了可以替人写，自己去了偏不给写！"艾艾说："那样你不把燕燕姐的事给说漏了吗？"燕燕说："说漏了自然更好了！你们给说漏了，我妈也怨不着我！"小晚说："人家要问介绍人哩？"燕燕说："就说是我！"小晚说："写信时候，介绍人也得去呀？"燕燕想了一想说："可以！我跟你们去！"艾艾说："你不是不愿意到村公所去吗？"燕燕说："我是不去要我的介绍信，给别人办事还可以。咱们到村公所门口等着，等我妈一出门咱们就进去！"艾艾说："民事主任要说你声名不正不能当介绍人呢？"燕燕说："这回我可有话说！"三个人商量好了，就往村公所去。他们正走到村公所门口，他妈跟五婶就出来了。五婶说："不用来了！信写好了！"燕燕说："我也得问问是怎么写的，不要叫去了说不对！"她妈听着只当是燕燕真愿意了，就笑着跟她说："你要早是这样，不省得妈来跑一趟？快问问回来吃些饭走吧！"说着就分头走开。

他们三个走进村公所，民事主任才写过信，墨盒还没有盖上。民事主任看见他们这几个人在一块就没有好气，撇开艾艾和小晚，专对燕燕说："回去吧！信已经交给你妈了！"燕燕说："我知道！这回是给他们两个人写！"主任瞟了小晚和艾艾一眼说："你两个？""我两个！""自己也都不检讨一下！"小晚说："检讨过了！我两个都愿意！"主任说："怕你们不愿意哩？"艾艾说："你说怕谁不愿意？我爹我妈也都愿意！"小晚说："我爹我妈也都愿意！"主任说："谁的介绍人？"燕燕说："我！""你怎么能当介绍人？""我怎么不能当介绍人？""趁你的好声名哩？""声名不好为什么还给我写介绍信？"主任答不上来就发了脾气："去你们的！都不是正经东西！"艾艾看见仍不行了，就又顶了他一句："嫁给你的外甥就成了正经东西了。是不是？"

这一下更问得主任出不上气来。主任对艾艾，确实有两种正相反的估价：有一次，他看见艾艾跟小晚拉手，他自言自语说："坏透了！跟年轻时候的小飞蛾一个样！"又一次，他在他姐姐家里给他的外甥提亲提到了艾艾名下，他姐姐说："不知道闺女怎么样？"他说："好闺女！跟年轻时候的小飞蛾一个样！"这两种评价，在他自己看起来并不矛盾：说"好"是指她长得好，说"坏"是指她的行为坏——他以为世界上的女人接近男人就是坏透了的行为。不过主任对于"身材"和"行为"还不是平均主义看法：他以为"身材"是天生的，是什么就是什么；行为是可以随着丈夫的意思改变的，只要痛痛打一顿，说叫她变个什么样就能变成个什么样。在这一点上，他和东院五婶的意见根本相同，可是这道理他向艾艾说不得，要是说出来，艾艾准会对他说："这个民事主任用不着你来当，最好是让给东院五奶奶当吧！"

闲话少说，还是接着说吧：当艾艾问嫁给他的外甥算不算正经的时候，他半天接不上气来，就很蛮地把墨盒盖子一盖说："任你们有天大的本事，这个介绍信我不写！"艾艾说："不写我们也要去登记！区上问起来我就请他们给评一评这个理！"主任说："不服劲你就去试试！区上又不是不知道你们的好声名！"吵了半天，还是不给写，他们只得走出来。

　　燕燕回家去吃过饭，艾艾回家去洗过锅碗，五婶、燕燕、小晚和艾艾，四个人都往区上去。

　　三个青年人都觉着五婶讨厌，故意跑在前边不让五婶追上，累得五婶直喘气。走到区公所门口，门口站着五六个人，男女老少都有，只是一人也认不得。原来五婶约着人家西王庄那个孩子在区公所门口等，现在这五六个人，好像也都是等人，有两个大人似乎也是当介绍人的，其中有两个青年男子，一个有二十多岁，一个有十五六岁。燕燕他们三个人，都估量着那个十五六岁的就是给燕燕说的那一个，因为五婶说过"实岁数是十五"，可是谁也认不得，不愿意随便打招呼。停了一会，五婶赶到了。五婶在区门边一看说："怎么西王庄那个孩子还没有来？"她这么一说，他们三个才知道是估量错了，原来那一个也不是。就在这时候，收发室里跑出一个小孩子来向五婶嚷着说："老大娘！我早就来了！"嗓子比燕燕的嗓子还尖。燕燕一看，比自己低一头，黑光光的小头发，红红的小脸蛋，两只小眼睛睁得像小猫，伸直了他的小胖手，手背上还有五个小涡涡。燕燕想："这孩子倒也很俏皮，不过我看他还该吃奶，为什么他就要结婚？"五婶说："咱们进去吧！"他们先到收发处挂了号，四个人相跟着进去了。

　　正月天，亲戚们彼此来往得多，说成了的亲事也特别多，王助理员的办公室挤满了领结婚证的人，累得王助理员满头汗。屋子小，他们进去站在门边，只能挨着次序往桌边挤。看见别人办的手续，跟五婶说的一样，很简单：助理员看了介绍信。"你叫什么名？"叫什么。"多大了？"多大了。"自愿吗？""自愿！""为什么愿嫁他？"或者"为什么愿娶她？""因为他能劳动！"这一套，听起来好像背书，可是谁也只好那么背着，背了就发给一张红纸片叫男女双方和介绍人都盖指印。也有两件不准的，那就是有破绽：一件是假岁数报得太不相称，一件是从前有过纠纷。

　　快轮到他们了，燕燕把艾艾推到前边说："先办你的！"艾艾便挤到桌边。这时候弄出个笑话来：助理员伸着手要介绍信，西王庄那个孩子也已经挤到桌边，信就在手里预备着，一下子就递上去！五婶看见着了急，拉了他一把说："错了错了！"那孩子说："不错，人家都是一人一封！"原来五婶在区门口没有把艾艾和燕燕向那孩子交代清楚，那孩子看见艾艾比燕燕小一点，以为一定是这个小的。王助理员接住他的信还没有赶上拆开，小晚就挤过去跟他说："说你错了你还不服哩！"回头指了指燕燕又向他说："你是跟那一个！"经他一说破，满屋子弄了个哄堂大笑！王助理员又把信递给那个孩子说："你怎么连你的对象也认不得？"小晚说："我两个没有介绍信，能不能登记？"王助理员说："为什么没有介绍信？"艾艾说："民事主任不给写！燕燕她妈替她去还给写，我们亲自去了不给写！他要叫我嫁给他的外甥！""你们是那个村？""张家庄！"问艾艾："你叫什么？""张艾艾！"

王助理员注意了她一下说："你就是张艾艾呀？""是！"王助理员又看着小晚说："那末你一定就是李小晚了？"小晚说："是！"王助理员说："谁的介绍人呢？"燕燕说："我！""你叫什么？""马燕燕！"王助理员说："你两个都来了？你怎么能当介绍人？""我怎么不能当介绍人？""村里有报告，说你的声名不正！"三个人同问："有什么证据？"王助理员说："说你们早就有来往！"小晚说："早有个来往有什么不好？没来往不是会把对象认错了吗？"这句话又说得大家笑起来。王助理员说："村里既然有报告，等调查调查再说吧！"燕燕说："助理员！你说叫他们两人结了婚有什么不好？为什么还要调查呢？他们两个人都没有结过婚，和谁也没有麻烦！两个人又是真正自愿，还要调查什么呢？"助理员说："反正还得调查调查！这件事就这样了。"又指着西王庄那个孩子说："拿你的信来吧！"小孩子递上了信，五婶一边把村公所给燕燕的介绍信也递上去。

王助理员问西王庄那个孩子："你叫什么？""王旦！""十几了？""十……二十了！"小王旦说了个"十"就觉着五婶教他的话不一样，赶快改了口。王助理员说："怎么叫个'十二十'呢？"小王旦没话说，王助理员又问："你们是自愿吗？""自愿。""为什么愿意跟她结婚？""因为她能劳动！"王助理员又看了看燕燕的介绍信说："马燕燕！你说他究竟多大了！"燕燕说："我不知道！"五婶急得向燕燕说："你怎么说不知道？"燕燕回答说："五奶奶！我真正不知道！你哪里跟我说过这个？"五婶不知道燕燕是有意叫弄不成事，还暗暗地埋怨燕燕说："这闺女心眼儿为什么这么死？就算我没有跟你说过，可是人家说二十，你就不会跟着说二十吗？"在这时候，小王旦偏要卖弄他的聪明。他说："人家是真正不知道！我住在西王庄，人家住在张家庄，我两个谁也没有见过谁，人家怎么知道我多大了呢？"王助理员说："我早就知道你没有见过她！要是见过，怎么还能认错了呢？你没有见过人家，怎么知道人家能劳动？小孩子家尽说瞎话！不准你们两个登记！一来男方的岁数不实在，说不上什么自愿不自愿；二来见了面连认也不认得，根本不能算自由婚姻！都回去吧！"

五个人都出了区公所：小王旦回西王庄去了，五婶和他们三个年轻人仍回张家庄去。在路上，五婶怪燕燕说错了话，燕燕故意怪五婶教她说话的时候没有教全。艾艾跟小晚说王助理员的脑筋不清楚，燕燕说王助理员的脑筋还不错。

他们四个人相跟了一段，还跟来的时候一样，三个青年走在前边商量自己的事，五婶在后边赶也赶不上。他们谈到以后该怎么样办，燕燕仍然帮着艾艾和小晚想办法，他们两个也愿意帮着燕燕，叫她重跟小进好起来。用外交上的字眼说，也可以叫做"订下了互助条约"。

四、谁该检讨？

前边说过：张家庄的民事主任对妇女的看法是"身材第一，行为第二，行为是可以随着丈夫的意思改变的"。其实这种看法在张家庄是很普遍的一种看法，不只是民事主任一个人如此——要是他一个人，也不会给这两个大闺女造成坏的

"声名"。张家庄只剩这么两个大闺女，这两个人又都各自结交了个男人。谁也说她们"坏透了"，可是谁也只想给自己人介绍，介绍不成功就越说她们"坏"，因此她们两个的声名就"越来越坏"。

自从她们到区上走了一趟，事情公开了，老年人都认为"更坏得不能提了"，也就不提了；打算给自己人介绍的看见没有希望了，也就提得少了；青年人大部分从前只跟着大人瞎吵吵，心里边其实早就赞成，见大人不多提了也就不吵吵了，另有几个原来想和小晚竞争一下，后来见艾艾的心已经落到小晚身上，他们也就没劲了；再加上公开了之后，谁要当面说闲话，她们就要当面质问："我们结了婚有什么坏处？"这句话的力量很大，谁也回答不出道理来。有这么好多原因，说闲话的人一天比一天少起来。她两个的声名也一天比一天好起来。

在这两对婚姻问题上，成问题的只有三个人：一个是燕燕她妈，说死说活嫌败兴，死不赞成；一个是民事主任，死不给写介绍信，再一个就是区上的王助理员，光说空话不办事，艾艾跟小晚去问过几次，仍是那一句话："以后调查调查再说。"因为有这么三个人，就把四个人的事情给拖延下来。

他们四个都是不当家的孩子，家里的大人，燕燕她妈还反对，其余的纵不反对也不给他们撑腰，有心到县里去告状去，在家里先请不准假。在这个情况下面，气得他们每天骂民事主任，骂王助理员。

一直骂了两个月，还是不长不短，仍然没有结果。种谷的时候，有一天晚上，小晚到合作社去，合作社掌柜笑着跟他说："小晚！你们结婚的事情怎么样了？"小晚说："人家区上还没有调查好哩！"掌柜说："几时就调查好了？"小晚说："还不得个十年二十年？"掌柜说："你真会长期打算！现在不用等那么长时候了！婚姻法公布出来了！看了那上边的规定，你们两个完全合法！"小晚只当他是开玩笑，就说："看你这个掌柜多么不老实？"掌柜正经跟他说："真的！给你看看报！"说着递给他一张报。小晚先看见报上的大字觉着真有这回事，就拿到灯下各里各节往下念。掌柜说："让我念给你听！"说着接过来一口气念下去。等掌柜念完，大家都说："小晚这一下撞对了！明天再去登记去吧！完全合法！"

小晚有了这个底，从合作社出来就去找艾艾；因为他们和燕燕小进有互助条约，艾艾又去找燕燕，小晚又去找小进。不大一会，四个人到了艾艾家开了个会，因为燕燕不愿意马上得罪她妈，决定第二天先让艾艾和小晚去登记。燕燕说："只要你们能领回结婚证来，我妈那里的话就好说一点。虽然你们说我妈不同意也可以，依我看能说通还是说通了好！"大家也就同意了她的话。

这天晚上散会之后，小晚和艾艾各自准备了半夜，计划着第二天到区上，王助理员要仍然不准，他们用什么话跟他说。不料第二天到了区上，王助理员什么也没有再问就给填上了结婚证。

隔了一天，区公所通知村公所，说小晚和艾艾的婚姻是模范婚姻，要村里把结婚的日期报一下，到那时候区里的干部还要来参加他们的结婚典礼。

因为区里说是模范婚姻，村里人除了太顽固的，差不多也都另换了一种看法；青年人们本来就赞成，有好多自动来给他们帮忙筹备，不几天就准备停当了。

结婚这一天，区上来了两个干部——一个区分委书记，一个王助理员。村上的干部差不多全体参加了——民事主任本来不想到场，区上说别的干部可以不参加，他非参加不可，他没法，也只得来。

因为区上说是模范婚姻，村上的群众自然也来得特别多，把小晚家一个院子全都挤满。

会开了，新人就了位，不知道哪个孩子从外边学来的新调皮，要新媳妇报告恋爱经过，还要叫从罗汉钱说起。艾艾说："那算什么稀奇？我送了他个戒指，他送了我个罗汉钱。一句话不就说完了吗？"

有个青年小伙子说："她这么说行不行？"大家说："不行！""不行怎么办？""叫她再说！"艾艾说："你们这么说我可不赞成！这又不是斗争会！"有的说："我们好意来给你帮个忙，凑个热闹，你怎么撺起我们来了？"艾艾说："大家帮我的忙我很欢迎，不过可不愿意挨斗争！罗汉钱的事实在没有多少话说的，大家要我说，我可以说一些别的事！"大家说："可以！""说什么都好！"艾艾说："大家不是都知道我的声名不正吗？你们知道这怨谁？"有的说："你说怨谁？"艾艾说："怨谁？谁不叫我们两个人结婚就怨谁！你们大家想想：要是早一年结了婚，不是早就正了吗？大家讲起官话来，都会说'男女婚姻要自主'，你们说：咱们村里谁自主过？说老实话，有没有一个不是父母主婚？"大家心里都觉着对，只是对着区干部不好意思那么说。艾艾又接着说："要说有的话，女的就只有我和燕燕两个，可是民事主任常常要叫我们检讨！我们检讨过了，要说有错的话，就是说我们不该自主！说到这里了我也坦白坦白：为了这事，我整整骂了民事主任两个月了，现在让我来赔个情！"大家问："都骂了些什么话？"艾艾说："现在我们两人的事情已经成功了，前边的事就都不提它了……"大家一定要艾艾说，艾艾总不肯说，小晚站起来笑着说："我说了吧！我也骂过！主任可不要恼，我不过是当成故事来说的。我说：'……我也愿意，她也愿意，就是你这个当主任的不愿意！我两个结了婚，能把你的什么事坏了？老顽固！死脑筋！外甥路线！嫁给你的外甥，管保就不用检讨了！'"大家都看着民事主任笑，民事主任没有说话。区分委书记说："你也给王助理员提点意见！"小晚说："王助理员倒是个好人，可惜认不得真假！光听人家说个'自愿'，也不看说得有劲没劲，连我都能看出是假的来，他都给人家发了结婚证！问人家自愿的理由，更问得没道理：只要人家真是自愿，那管得着人家什么理由？他既然要这样问，人家就跟背书一样给他背一句'因为他能劳动'。哪个庄稼人不能劳动？这也算个理由吗？轮上我们这真正自愿的了，他说村里报告，说我们两个人早就有来往，还得调查调查。村里报告我们早就有来往，还不能证明我们是自愿吗？那还要调查什么？难道过去连一点来往也没有才叫自愿吗？"小晚说到这里，又吃吃吃笑着说，"我再说句老实话，我们也骂过王助理员。我们说：'助理员，傻不傻？不要真，光要假！多少假的都准了，一对真的要调查！'王助理员你可不要恼我们！从你给我们发了结婚证那一天，我们就再也没有骂过你一句！"

区分委书记说："你骂得对！我保证谁也不恼你们！群众

说你们声名不正，那是他们头脑里还有些封建思想，以后要大家慢慢去掉。村民事主任因为想给他外甥介绍，就不给你们写介绍信，那是他干涉婚姻。中央人民政府公布了婚姻法以后，谁再有这种行为，是要送到法院判罪的。王助理员迟迟不发结婚证，那叫官僚主义不肯用脑子！他自己这几天正在区上检讨。中央人民政府的婚姻法公布以后，我们共产党保证执行，我们分委会也正在讨论这事，今天就是为了搜集你们的意见来的！"区分委书记说着向全场看了一看说，"党员同志们，你们说说人家骂得对不对呀？检查一下咱们区上村上这几年处理错了多少婚姻问题？想想有多少人天天骂咱们？再要不纠正，受了党内处分不算，群众也要把咱们骂死了！"

散会以后，大家都说这种婚姻结得很好，都说："两个人以后一定很和气，总不会像小飞蛾那时候叫张木匠打得个半死！"连一向说人家声名不正的老头子老太太，也有说好的了。

这天晚上，燕燕她妈的思想就打通了，亲自跟燕燕说叫她第二天跟小进到区上去登记。

一九五〇年六月五日

赵树理自述

赵树理

我出生于一个有宗教关系的下中农兼手工业者家庭。我的祖父原是个杂货店的会计，改业归农后才生我父亲，晚年入了三教圣道会，专以参禅拜佛为务。我的父亲是农民而兼编织柳器的手工业者。

我从六岁起，由祖父教念三字经和一些封建宗教道德格言，不让我和其他孩子们玩，并且要我身体力行能为我所理解的那些道德行为，例如拜佛，敬惜字纸，走路不左顾右盼，见人要作揖，吃素等。

到了十一岁（九周岁），我的祖父死去，父亲把我送入私塾读书。这时候，我初次和村里的孩子们接触。那些孩子们都欺生，联合起来害得我每天挨打，受尽种种屈辱。好在当时我的家庭因埋殡祖父而下降，所以只上了一年便休了学。次年便跟着父亲学庄稼活和编织柳器。这样的生活继续了三年。

在这一阶段，从祖父那里学来了一些"敬大地，礼神明，奉祖先，孝双亲，守王法，敬师尊……""不履斜径，不欺暗室，积德累功，慈心于物……"封建或宗教守则，同时又造成了个瘦弱的体格和不通世故的呆气。从父亲那里学来的农业和手工业的技术，但因为身体关系，有巧无力，没有学好。在祖父死后的三年中，我和农村的文化娱乐有所接触，学了些地方音乐和书词、戏本。

十五岁那一年的夏天，我的父亲被村里一个退职小军官以名利说动，把我送到一个离家三十里的高级小学上学。这个学校的学生，大部分是士绅和地主富农的子弟，这一下又注定我一段饱受凌辱的命运，后来幸而我的学习成绩还不坏，他们还不敢尽情欺侮，只是用异己的目光对我而已。在这时候，我仍本着祖父的遗教，逆来顺受，企图以忍让感化别人——自然无效。

……毕业的那一年，买到一本江神童的《四书白话解说》。这本书，后来听说是一位老古董先生用他的孙子的名字出版的。这位老先生接受过王阳明的学说，同时又是个信佛的，还著过《大千图说》，其思想是儒佛相混的。这恰好合乎我从祖父那里接受的那一套，于是视为神圣之言，每日早起，向着门面上的小孩子照片稽首为礼，然后正襟危坐来读，并且照他在《大学》一书中的指示，结合着那些道理来反省自己。我从高小毕业后，又教了两年初级小学，连同毕业之前的一年共三年，对这部书的礼读从未间断过。总之，在这一阶段，我以学习圣贤仙佛、维持纲常伦理为务，在当时的上流社会人看来，以为是好孩子，可惜"明书理不明事理"。

我因为不明事理，连初级小学也教不成了，才于1925年暑假期间考入山西长治省立第四师范学校。在这个学校幸未受同学欺侮，只是由自己的落后思想指导着的怪行动（如吃素、敬惜字纸）引起了一位有先进思想的同学的非议。在初入学的一年中，经过这位同学把我的江神童的思想体系打垮，才算打开了学习其他东西之门。那个学校偏重于教古文，不能满足有求知欲望的人——那个学校当时有求知欲望的人却不少。我经过那位同学的启发，得到课外在图书馆借些书读，不过所读之书杂乱得很，同时可以接受互相矛盾的书——例如对科学与玄学的东西可以兼收并蓄——而在思想上起主导作用者则为反礼教、反玄学的部分。就这样乱读了两年，后一年偏重在文艺和教育学方面，但同时也接受了一点共产主义的道理。

第三年第一学期（1927年下半年）入了共产党，同时在学校赶上了驱逐腐败校长的学潮（不是党领导，但党也赞成）。在这运动中，我被选为一名学生代表（共十人），并且终于取得另委校长的胜利。到第二学期（1928年春）因国民党反共，波及学校，我遂离校逃亡，但至次年春仍被捕入狱。

……在这一阶段，我的思想虽然有点解放，但旧的体系才垮了，新的体系没有形成，主观上虽抱下了救国救民之愿，实际上没个明确的出路，其指导行动者有三个概念：①教育救国论（陶行知信徒）②共产主义革命③为艺术而生为艺术而死（艺术至上，不受任何东西支配），并且觉着此三者可以随时选择，互不冲突，只要在一个方面有所建树，都足以安身立命。

我在被捕之前，虽曾有过近一年的逃亡生活，可是那时候还以为是暂时的，并未做长期打算。被捕以后，开始觉悟到再不能在旧政权下做什么安身立命的打算，这便是我流浪的理论基础。出狱之后遇上了比我高明的一些懂马列主义的同志，又和王春打垮我的江神童思想一样，很艰苦地打垮了我的另一些糊涂思想——其中最主要的是"人格至上"（在这以前，我以为革命的力量是要完全凭"人格"来团结的）和"艺术至上"。这对我的帮助是有决定意义的。

出狱之后，便决定以革命为本分而以其他社会职业为取得衣食的手段。这时候，太原有进步一点的小报副刊，我便写一些揭露黑暗的小东西在那里发表。那里的稿费甚低，不足以维持生活……便回县里找个小学教员当一当；但过一个时候又因为它要耗去我几乎全部的时间，便又辞去仍到太原流浪去。

这时候我对革命的认识很模糊——以为目前只要利用一切可能的机会来反对旧统治者，将来红军一到，革命就成功了，至于红军打过来以后还要做什么，就连想也不去想。

……

这种流浪性的生活过了七年。在这七年中，主观上虽是革命，实质上是流浪—— 一不升学，二不找事，三不回家，四不参加党的组织，中间虽说也写过一些揭发性文章，但人微言轻，也估计不出究竟起了点什么作用。

在抗日战争开始时期（1937年），我参加了为党领导的一个群众团体"山西牺牲救国同盟会"，接着便重新入党。

　　重新入党后开始仍凭热情办事，对革命的基本理论、策略、路线都不求甚解，其中最重要的是不了解民族斗争与阶级斗争的关系和统一战线中的团结与斗争的关系。由于这个原因，对党分配的具体任务往往不能全面完成而只完成其自己认为重要的部分——例如，在做抗日动员工作的时候，因为怕妨碍统一战线，便不敢结合着广大群众的阶级利益来宣传动员，而只讲一些抗日救国的大道理，结果在遭到国民党反动势力进攻的时候，便找不到自己依靠的群众基础——这样理论水平的人在当时相当多，所以才造成失败。在这种失败中才认识到地主阶级和蒋阎匪军在抗日阵营中的反动性，认识到群众基础的重要性。

　　又因为抗日战争初期地方上党员的数量和质量都差一些，干部又多出身于小资产阶级知识分子，对我这农民出身的知识分子有些看不起，分配工作往往不恰当，便打击了我尊重组织的热情（未能把个别党员和组织分开来看），常以为像我这样一个“小党员”，人家分配点什么就做点什么算了，但这也只是暗发牢骚，并非真心话，后来形成一种宗派情绪。后来党扩大了，自己的思想也有些提高，才对党的组织性尊重起来，只是宗派情绪仍然存在。

　　自1940年起，我编过几个小报副刊，自己的写作逐渐得到领导上的鼓励，才使我转到文艺队伍里来。

1956年1月10日

　　——据手稿，《自传》，收《赵树理全集》第4卷，大众文艺出版社2006年版404—409页。

我在1925年的前后，是一个酷爱文艺的人；那时，我是一个学生，自我卷入1927年的大革命的漩涡以后，便渐渐地和文艺界疏远了。最近几年，因为戴着一顶囚犯的帽子，那简直和文艺出版界可说是整个儿断绝关系。目前，我真是个文艺界的艺盲。

　　——《对太行的批评和建议》，原载1937年7月1日《太原日报》《开展》专刊第34期，收《赵树理全集》第1卷，大众文艺出版社2006年版150页。

　　本来通俗化的任务，在于普及文化，从而提高大众。所谓提高大致可分四方面：第一是改造大众迷信落后思想，使大众能接受新的宇宙观；第二是灌输大众以真正的科学知识，扫清流行在大众中间的一些对事物的错误认识；第三，在文字方面，也应该使大众逐渐能够欣赏新的形式，而不尽局限在旧的鼓词小调上头；第四是应该注意到大众语言的选择采用，逐渐克服大众语言的缺点，更进一步丰富大众的语言。

　　——《通俗化与"拖住"》，原载1941年10月25日《抗战生活》革新号第2卷第2期，收《赵树理全集》第2卷，大众文艺出版社2006年版98页。

　　徐懋庸先生，前不久先生带抗大的参观团路经文联，许多同志同你谈了我的几个错误观点，在这里我对此作一解释，谈谈我的看法：

　　对于他们鄙夷农民吃南瓜汤、臭酸菜，指责他们长年累月不洗脸、不剃头，我觉得他们这种态度是"平凡的残忍"。目前正在我们抗日根据地吃南瓜喝酸汤的同伴们正是建设新中国的支柱，在贫穷和愚昧的深窟中沉陷着的正是我们亲爱的同伴，要不是为了拯救这些同伴们出苦海，那还要革什么命？把金针海带当作山珍海味，并非亘古不变的土包子；吃南瓜喝酸汤也不是娘胎里带出来的贱骨头。做革命工作的同志们遇上这种现象应该引起的是同情而不是嘲笑——熟视无睹已够得上说是个"麻痹"，若再超然一笑，你想一想该呀不该？我们的工作越深入，所发现的愚昧和贫穷的现象在一定的时间内越多（即久已存在而未被我们注意的事情将要提到我们注意范围内），希望我们的同志哀矜勿喜诱导落后的人们走向光明，万勿以文明自傲弄得稍不文明一点的人们坐也不是站也不是。以上是我这多年在农村工作的点滴经验，也是我在八区任职四个月的切身体会，谨作参考。

愿公台揽

赵树理

民国三十三年四月二十四日启

——《致徐懋庸》，载《赵树理全集》第2卷，大众文艺出版社2006年版370页。

你知道在中国的"文丐"是什么意思吗？抗战前，自己不掏点钱，书就没法出版。中国大多数作家是付钱给出版商，而不是出版商付钱给作家。没钱就别想出书。关于群众运动的书就更不能出了。而现在，我想写的东西，政府就帮助出版。再说，在这种时候，我赚钱干什么？有志愿战士，就有志愿文化人。正因为如此，我为人民创作完全是出于自愿的。

不过我的物质生活还是比从前好多了。除了写作，我还在边区出版社当编辑。我们有自己的生产组织，能纺纱织布，能种地。大家共同劳动，共同分享劳动果实。出版社每天发我一斤半小米，半斤菜；还给我一些医药费，因为我身体不好。我每年领一套棉服，一套单衣。抗战前，我只有一条薄毯子，几件单衣，所以我总是受冻。过去我从来没有烤过火，现在我有炭烧。出版社还给我钱，供我女儿上学。我老婆能种菜，每个星期还能做一双鞋。她用五百块钱买做鞋的材料，做成鞋可卖到两千块钱。这种生产在抗战前是搞不成的，因为日本的便宜货把我们挤掉了。我现在简直没什么负担了，可以更自由的从事写作了。

我应该投入社会生活，我要跟上革命的各个阶段。现在最重要的是土地改革，以后大概就是搞工业化。我们将来要组织合作社，需要美国的机器，所以我想去美国看看。我很想写重大的题材，也许内战结束后，我可以安顿下来专心专意写它一阵子。不过我决不愿完全脱离人民。

也许有人会觉得我的书没啥意思。抗战前，作家们写的是小资产阶级的爱情故事。这种作家对于描写在我们的农民中所进行的革命是不感兴趣的。我若请这种人写政治性的书，他们就很不高兴，觉得受了拘束。可是我是在农村长大的，我在这里一点也不感到拘束。我想写什么就写什么。而从前我就办不到。

从我为农民写作以来，我写小说，写剧本。过去，我使用的语言和现在不一样，我的东西只有少数知识分子看。后来我想到，农民能看到的书尽是些极端反动的书，这些书向农民宣传崇拜偶像，敬鬼神，宣扬迷信，使农民听凭巫婆的摆弄。我想，我应该向农民灌输新知识，同时又使他们有所娱乐，于是我就开始用农民的语言写作。我用词是有一定标准的。我写一行字，就念给父母听，他们是农民，没有读过什么书。他们要是听不懂，我就修改。我还常去书店走走，了解买我书的都是些什么样人，这样我就能知道我是否有很多读者。因为成千上万的农民都不识字，所以我就写能为他们演出的剧本。这样，从前只有少数知识分子看我的作品，现在连穷人都普遍能看到了。

　　——1947年1月《和贝尔登谈话》，摘自《中国震撼世界》，中译本于1980年由北京出版社出版，收《赵树理全集》第3卷，大众文艺出版社2006年版167—168页。

　　只要承认艺术是精神食粮的话，那么它也和物质食粮一样，是任何人都不能少的。农村有艺术活动，也正如有吃饭活动一样，本来是很正常的事；至于说农村的艺术活动低级一点，那也是事实，买不来肉自然也只好吃小米。

　　在历史上，不但世代书香的老地主们，于茶余酒后要玩弄琴棋书画，一里之王的土财主要挂起满屋子玻璃屏条向被压倒的人们摆摆阔气，就是被压倒的人们，物质食粮虽然还填不满胃口，而有机会也还要偷个空子跑到庙院里去看一看夜戏，这足以说明农村人们艺术要求之普遍是自古而然的。广大的群众翻身以后，大家都有了土地，这土地不但能长庄稼，而且还能长艺术。因为大家有了土地后，物质食粮方面再不用去向人求借，而精神食粮的要求也就提高了一步，因而他们的艺术活动也就增多起来。

农村艺术活动，都有他的旧传统。翻身群众，一方面在这传统上接受了一些东西，一方面又加上自己的创造，才构成现阶段的新的艺术活动。

……

为文化程度较高的人制作一些更高级的作品，自然也没有什么不可，不过在更伟大的任务之前，这只能算是一种副业，和花布店里捎带卖几条绸手绢一样，贩得多了是会占去更必要的资本的。至于说投身农村中工作会不会逐渐降低了自己的艺术水平，我以为只要态度严肃一点是不会的。假如在观念上认为给群众做东西是不值得拿出自己的全副本领来，那自然不妥当，即使为了给群众写翻身运动，又何曾不需要接受世界名著之长呢？织绸缎的工人把全副精力用来织布，一定会织出更好的新布，最后织到最好处，也不一定会引诱得巴黎小姐来买。

——《艺术与农村》，载1947年8月15日《人民日报》，收《赵树理全集》第3卷，大众文艺出版社2006年版229—230页。

我的前途有二：一个是就现有的条件做可能做的事，不必求全责备，甘心当个专写农民的写作者；另一个是和一个青年一样，力求发展为一个全面写作者。前者说起来不免带点暮气却比较现实，后者按现在的供给条件也不是绝不可能，只是成本要大一点，从经济上算起账来，不如培养个城市青年合算，且在今后联合政府的形势下，不可能有现在的供给条件或领薪金的写作者，因而到一个陌生的环境中久久写不出什么来便会使公私都觉得不妙。

——《致周扬》，载2000年第6期《百年潮》，收《赵树理全集》第3卷，大众文艺出版社2006年版326页。

我的材料大部分是拾来的，而且往往是和材料走得碰了头，想不拾也躲不开。因为我的家庭是在高利贷压迫之下由中农变为贫农的，我自己又上过几天学，抗日战争开始又做的是地方工作，所以每天尽和我那几个小册子中的人物打交道；所参与者也尽在那些事情的一方面。例如《小二黑结婚》中的二诸葛就是我父亲的缩影，兴旺、金旺就是我工作地区的旧渣滓；《李有才板话》中"老字辈"和"小字辈"的人物就是我的邻里，而且有好多是朋友；……再谈谈决定主题：我在做群众工作的过程中，遇到了非解决不可的而又不是轻易能解决了的问题，往往就变成所要写的主题……如有些很热心的青年同事，不了解农村的实际情况，为表面上的工作成绩所迷惑，我便写《李有才板话》；……假如也算经验的话，可以说"在工作中找到的主题，容易产生指导现实的意义"。语言及其他：我既是个农民出身而又上过学的人，自然是既不得不与农民说话，又不得不与知识分子说话。有时候从学校回到家乡，向乡间父老兄弟们谈起话来，一不留心，也往往带一点学生腔，可是一带出那等腔调，立刻就要遭到他们的议论，碰惯了钉子就学了点乖，以后即使向他们介绍知识分子的话，也要设法把知识分子的话翻译成他们的话来说，时间久了就变成了习惯。说话如此，写起文章来便也在这方面留神。

——《也算经验》，载1949年6月26日《人民日报》，收《赵树理全集》第3卷，大众文艺出版社2006年版340—350页。

在十五年以前我就发下宏誓大愿，要为百分之九十的群众写点东西，那时大多数文艺界朋友虽然已倾向革命，但所写的东西还不能跳出学生和知识分子的圈子，当然就谈不到满足广大劳动群众的需要。1933年我在太谷当教员时，曾写过一部长篇小说，名字叫《盘龙峪》，是描写农民和封建势力作斗争的故事。

——《和荣安的谈话》，载1949年9月30日《人民日报》，收《赵树理全集》第3卷，大众文艺出版社2006年版357页。

我在学生时期，常把自己爱好的文艺作品（《小说月报》上的——文艺研究会刊物）介绍给家乡的老同学或我的父亲看，可是他们连一篇也看不下去，我自己最初也是经过王春费了很大气力才读下去的，因而使我怀疑了那种作品的群众性，同时产生了写大众化作品的想法。1933年在太原，我把我的意见向王春说了，王非常赞成，我便开始了用群众语言试写东西。先写了半部长篇，题名《盘龙峪》，发表于史纪言等编的小报副刊上，又写过一些有关这种主张的文章。但和同志们争辩的结果，我孤立了。抗日战争开始以后，我又用这种语言写作品，在太行山的文艺界一直得不到承认。后来被党的宣传部门重视了，把我调到太行新华书店当编辑。那时候王春同志是主任，我们便把延安和其他根据地出的文艺刊物中语言跟我们相近的作品出了几个选集，其余欧化一点的文和诗一律不予出版。

——《我的宗派主义》，载《赵树理全集》第4卷，大众文艺出版社2006年版492页。

赵树理创作忆述

赵树理住在一个村子里，一天房东的亲戚来告状，说有人把他侄儿打死了，打死后，把尸体挂在牛院的梁上，造成自杀的样子。他侄儿叫岳冬至，是村里的民兵小队长，思想进步，作风正派。赵树理进一步了解情况，得知岳冬至跟本村的女青年智英祥相好，两人正在谈恋爱。智英祥的父亲在外，母亲给她找了一个四十多岁的商人，她不愿意。因为她长得俊秀，村上的一些干部就常到她家，要欺侮她，被拒绝后，那些人就常找她的岔子，还联合起来反对她和岳冬至。赵树理认为这不是一般的情杀，而是反映了两种势力的斗争。于是又作了调查。最后由政府出面，处理了那个案子。而赵树理自己，则以这个案子为基础，把原来的悲剧结局改为大团圆结局，写成了这部小说[①]。

——董大中《赵树理年谱》，北岳文艺出版社1994年版225页。

[①] 指《小二黑结婚》。

村里对命案的凶手另有说法。2005年9月，石羊锁向曹旺生回忆道：在竖井里的几个月，对于四名村干部来说，可谓煎熬。他们从竖井里出来时，头发长得像道士一样，浑身虱子，由于井下潮湿，几个人身上都长满了疥疮。如果没有人出来认罪，大家恐怕很难脱身。经过一番思量，四名村干部在井下议定：让嫌疑最大的史虎山虚报年龄，以十七岁的年龄顶罪——这样起码不至被枪毙，而作为对史虎山义气的回报，其余三人承诺将承担起他养家的重担。村民们认为史虎山无辜的证据，来源于案发当事人多年后的讲述。石献瑛曾对曹旺生透露，案发当晚，史虎山其实一直呆在家中。而石起元也曾问过父亲石羊锁关于该夜散会后岳冬至的去向，得到的答案是，岳又跑到智英祥家去了。于是怀疑的矛头便指向了智英祥的两个哥哥，他们推测，岳应该是在从智家回自己家的路上被智家兄弟无意间打死了。被村里人认为是疑凶的智家兄弟中的智魁元，差一点受到公安人员和赵树理的调查，但他当年参加中央军走了，差不多三年后才回来，此事也就不了了之。

——张鹭《"小二黑"现实结局是悲剧》，2008年12月27日《扬子晚报》。

赵树理研究专家董大中曾在20世纪90年代调查多次，仍难以肯定这个故事是否真实。但他认为：赵树理在《在长春电影制片厂电影剧作讲习班的讲话》可以说明这个故事作为《小二黑结婚》的创作素材是完全可以的：赵树理在这个讲话中说："过去，《文艺报》有个记者访问我，问我如何写《小二黑结婚》。我回答得很详细，说'三仙姑'是根据谁写的，'二诸葛'是根据谁写的，但完全是他们也不一定。结果，这位记者把这段话发表了，造成了不好影响。"不过把这作为《小二黑结婚》的素材来源之一，是完全可以的。

　　——董大中《赵树理年谱》，北岳文艺出版社1994年版225页。

　　岳冬至的父亲是个老实农民，为了创作上的需要，要把这个老汉写成二孔明，还先后调查了几个长毛道道首，但都不理想，最后才把他父亲的形象塑造成小二黑的父亲。"仙姑"古来有之，他看过二仙庙的二仙姑，为了不重复，就把这个仙姑写成三仙姑。

　　——一丁《太行山根据地文化》，中国文史出版社2005年版46页。

　　1943年4月下旬去党校调研时参加整风学习，5月写《小二黑结婚》，交给杨献珍。杨读后甚觉满意，又送给彭德怀同志。6月彭德怀读《小二黑结婚》原稿。浦安修也读了这部稿子。两人都认为写得不错。杨献珍将稿交还赵树理，赵树理送华北新华书店。

　　——董大中《赵树理年谱》，北岳文艺出版社1994年版226页。

　　《小二黑结婚》书稿交到太行新华书店后，如石沉大海，杳无音信。我便去找彭德怀同志，向他说明情况。彭德怀同志听后——杨献珍将稿交还赵树理，赵树理送华北新华书店。约在6至8月间，彭德怀为之题词："像这样从群众调查研究中写出来的通俗故事还不多见。彭德怀。"以示支持。这个题词由彭德怀同志亲自交给了北方局宣传部长李大章同志，由他转交太行新华书店，小说才得以出版。

——杨献珍《从太行文化人座谈会到赵树理的〈小二黑结婚〉出版》，载《新文学史料》1982年第3期。

1943年冬，赵树理观看战斗剧团演出《小二黑结婚》，扮演三仙姑演员在一场戏中调情太出格，赵树理看了说："三仙姑演得失真了，在农村哪有这样不顾羞耻的妇女？"

——董大中《赵树理年谱》，北岳文艺出版社1994年版234页。

《李有才板话》，是配合减租斗争的，阶级阵营尚分明，正面主角尚有。不过在描写中不像被主角所讽刺的那些反面人物具体。

——赵树理《回顾历史，认识自己》，系赵树理1966年末在"文革"中遭受批斗时所写检查，收《赵树理全集》第6卷，大众文艺出版社2006年版466页。

我的作品，我自己常常叫它是"问题小说"。为什么叫这个名字，就是因为我写的小说，都是我下乡工作时在工作中所碰到的问题，感到那个问题不解决会妨碍我们工作的进展，应该把它提出来。例如我写《李有才板话》时，那时我们的工作有些地方不深入，特别是对狡猾地主还发现不够，章工作员式的人多，老杨式的人少，应该提倡老杨式的作法，于是，我就写了这篇小说。

——赵树理《当前创作中的几个问题》，载《火花》1959年6月号，收《赵树理全集》第5卷，大众文艺出版社2006年版303页。

东头院的东北，当年有一株大核桃树，树下有两孔古石窑：连门窗都没有。不过这两孔石窑庇护的人可不少——河南遭了水灾逃荒到这村里的人，开始差不多都在这里住过，有的短时期找不到住处，还有住过几年的。我写《李有才板话》中的"老字辈"的人，好多取材于这里。我们村里当年逃荒出去的人，到外边开始当"老字辈"人的时候，未必都能碰到这样的好住处。

——赵树理《新食堂里忆故人》，载1959年5月24日《人民日报》，收《赵树理全集》第5卷，大众文艺出版社2006年版317页。

1942年冬至1944年春，各抗日根据地普遍深入实行减租减息、交租交息的群众运动。……但在这一运动的开展过程中，斗争复杂，问题很多。加强调查研究，解决好这一问题，十分重要。1943年夏，赵树理就肩负着这种使命，来到辽县麻田附近的阎家山搞调查。阎家山一带被后柴城村一户姓阎的地主霸占着，这里有许多小山村。赵树理住在一个叫李家园的小山村。房东是一个二十五六岁的光棍汉，小名"乃顺"，大名"李有才"。他抗战初期入党，先后任村里民兵队长、农救会干部，有勇有谋，坚强乐观。他用编快板讲故事的方式，向赵树理"翻出来许多"这一带的家长里短。一个"板人"的影子闪现在作家脑中，综合平顺、阳城和家乡许多"板人"形象，为"板人"立传的想法逐渐形成。为了了解当地农民与后柴城村地主斗争的事迹，赵树理曾随李有才到后柴城村实地察看。村西的老槐树，村东的土窑，都一一看过。他在这里待了一个多月，同李有才处得十分熟惯，了解了许多情况。在其他村子里，还了解到坏人钻进新政权的一些事例。特别发现有些年轻的知识分子干部，"不了解农村中的实际情况，为表面上的工作成绩所迷惑"，常使减租减息运动走过场。为解决这一新的课题，遂决定写《李有才板话》。

　　——郜忠武、李士德《〈小二黑结婚〉〈李有才板话〉的创作过程及时代意义》，载《〈小二黑结婚〉〈李有才板话〉创作60周年纪念文汇》，国际交流出版社2003年版181—182页。

中国震撼世界（节选）

[美]杰克·贝尔登

解放区的农村和美国的城市一样，有时也有恶霸为害。这些恶霸多为中国封建社会的残余。抗日战争时期，共产党不实行分田，地主在农村中保留了经济势力，也保留了政治势力。这样，一个四百人的小村子里，当村长的往往仍是地主，而一个一千人的大村子，村长不是地主就是地主的代理人。

乡村里初次实行选举的时候，地主只须威胁退佃或不准赎回典押于他的土地，就能让人把他选上台。随着农民觉悟的提高，地主就多费些心机。他们雇佣地痞对选民进行恐吓，把心腹安插到点票的关键岗位上，或是往自家候选人的碗里多塞些豆子。

解放区鼎鼎有名的作家赵树理，在小说《李有才板话》中，把这种舞弊现象描写得很详细。小说的主人公李有才，是

个老羊倌。多年来，他把村里的人和事编成快板，给自己和老
伙计们解闷。八路军来到了李有才那个村里，告诉老乡们，现
在民主了，大家应当自己选举村长，于是地主阎恒元就马上当
选为村长。年年选举一次，年年阎恒元当选。对于这件事，李
羊倌编了下面一段快板进行讽刺：

> 村长阎恒元，一手遮住天，
> 自从有村长，一当十几年。
> 年年要投票，嘴说是改选，
> 选来又选去，还是阎恒元。
> 不如弄块板，刻个大名片，
> 每逢该投票，大家按一按，
> 人人省得写，年年不用换，
> 用他百把年，管保用不烂。

地主被李有才的快板弄得狼狈不堪，就不再当村长了，但
设法让自己的一名亲信被选为村长。一切还是老样子，因为新
村长对老村长唯命是从。为了揭露这一情况，李有才给地主及
其傀儡村长又编了一段快板。

村里的穷人开心地传唱着李有才的快板。地主害怕这位羊
倌的影响，就指使村长把他赶出了村子。李有才被迫避居山
中，但他的歌却留在人们的心里。最后，人民终于把地主赶下
了台，选上了自己的人。李有才返回了村子，又编了一段快板
庆祝选举的胜利。

故事简单么？是的。宣传么？不错。不过，这是一个很有

意义的宣传，是目的崇高的宣传。赵树理讲述了一个村子如何与压制民主作斗争的故事，就等于告诉别的村子，它们也能够打垮压迫者而赢得民主。赵树理还向人民指明，他们必须自己动手为平等而斗争，不能把民主当成共产党或八路军的一种恩赐。

　　如果认为解放区农村政权的形式是十全十美的，那未免有些虚妄。如果以为八路军或共产党一夜之间就能在封建主义的废墟上建立起欧美那样的民主政府，也是一种主观臆想。文化水平低，经济原始，这就注定了这个国家的政治在今后很长时期内都会处于落后状态。但是，缺乏经验并不能为共产党人在地方选举中的许多做法开脱。有许多例子说明，他们操纵选举，很少尊重人民的意愿。他们尽是提拔"土改"运动中的积极分子，这也就可能给怀有野心的不良分子以掌权之机。在一些村庄，各候选人的政纲都包含一条"拥护共产党，跟着毛泽东"的口号，这就极清楚地说明，共产党人的用意并不在建立乌托邦式的民主，而是在培植支持自己的力量。然而，在战争和革命期间，如果指望他们不这么行事，也是可笑的。我与之交谈过的共产党人，大都很坦白地承认，他们需要建立巩固的拥护自己的基础。不过，那些拥护共产党的所谓"开明人士"，却竭力向我说明，每个村子都是由人民所拥护的人管理。这种说法是可笑的。我发现，在不少村庄里，老百姓对当地官员是怨恨的。我见过一位农村姑娘，她非常热爱共产党，因为共产党实行婚姻自由，男女平等。但是这位姑娘与许多追求新贵的女人不同，她对我说："我不愿意嫁给干部，他们都是些想升官发财、不管老百姓的家伙。"当然，观点相反的姑娘也有的是。

不管共产党人距离完善的民主还有多么遥远，不管他们那些糊涂的朋友为他们捧场的话有多么夸张，但是共产党毕竟唤醒了千百万中国农民，使他们认识到自己有权选举官员，从而向民主迈进了巨大的一步。如果一个五百人的村子是由一个一百五十人的农民协会发号施令进行管理，而不再是由一个有权势的地主任意统治，这当然应该看成是一个很大的进步。不管对于解放区的农村社会流传着什么样的谣言，据我所观察到的，那里政府的贤明，是国民党区的政府根本无法比拟的。

国民党、蒋介石总是说中国人民还没有准备好实行民主，必须先实行一个时期的训政。解放区的领导人嘲笑了这种理论。

"在施行民主之前，先训练人民，这是毫无用处的，"边区政府副主席戎伍胜对我说，"人民要是过上了民主生活，习惯自然会改变。只有体验民主，才能学会民主。"

赵树理

严格地说，本书这部分章节是写政府的，不该写他。不过，他是作为不速之客闯进我的房间的，那么，也就顺便介绍一下他的身世吧。

这天一清早就下雪。我坐在我那石板地的屋子里，感到有些郁闷和孤独。这时，他从外面走进来——一位幽灵似的人，身穿棉袍，头戴小帽。他像私塾先生似地鞠了个躬，就在我的炭火盆前找了个凳子坐下，贪婪地烤着手。他一边打着寒战，一边仰头看了我一眼，然后又垂下眼皮，从我的桌上拣起一颗瓜子，熟练地嗑起来。他怯生生地看了我一会儿，不自然地笑了笑。一个很腼腆的人！我想。

但是走进我屋里烤火的其貌不扬的这个人，可能是共产党地区中除了毛泽东、朱德之外最出名的人了。其实，他是闻名于全中国的。他就叫赵树理，是个作家，我在上一章里引用了他的作品。

我同赵树理愉快地度过了两天，可是我不认为我对他很了解。他是一个不寻常的人，有着奇特的经历。他与杨教授不同。杨教授投奔共产党，主要是出于政治原因；而赵树理投奔八路，却由于他不见容于中国封建旧社会。比起杨教授来，他的身世也许更能说明乡村知识分子为什么抛弃蒋介石而投向共产党。

赵树理出生于山西太岳地区的一个小城镇。他是一贫农的次子。家里有八口人，靠着种十七八亩土地为生。为了糊口，他不得不拼命地干活。冬天到煤窑外捡煤，其余时间就在地里流汗。

赵树理小时候具有永不满足的好奇心，他特别爱好戏剧和音乐。他很小就学会了敲鼓、打钹、击节、吹笛、唱戏，而且很出色，于是村里的成年人就让他参加了"八音社"。这种熏陶为他以后给八路军写戏剧打下了良好的基础。

赵树理的祖父是个读书人，从小教他读四书五经。他让赵树理信奉三合教，这是一种把佛、道、儒三教教义糅合起来的宗教，强调行善致福。赵树理有一种善恶之行的记录，做了好事就在罐子里放白豆，做了坏事就放黑豆。修桥补路放三颗白豆，掩埋尸骨放两颗。坏事中有：不忠，不孝，损人利己，不洗手就在祖宗牌位前上香之类。赵树理的白豆总是比黑豆多。

赵树理的父亲相信，仕进之道仍然和皇朝时代一样，要靠读书，便送赵树理读小学。小学的课程还是四书五经那一套。由于祖父早先的训诲，赵树理在班上总是名列前茅。赵树理上不起中学，便进了一所师范学校，可以免缴膳宿费。在师范学校图书馆的书里，他第一次读到他那山沟之外的现代世界，了解到西方国家的一些情况，如乔治·华盛顿的事迹、法国革命、工业化时代等。他在那里找到屠格涅夫和易卜生的译本，便如饥似渴地读起来。

这时，父母给他找了一个十四岁的媳妇，他便尽义务似的结了婚。新婚后同妻子住了几天就返回学校了。过了两年，他成为一群学生中的核心人物。这群学生是由二十个"思想进步"的分子所组成，他们认为课本中无用的古文太多，科学的内容太少。这些反抗分子对校长进行了指责，这位校长在筹款盖科学馆时贪污，结果只盖成了一间空房子，除了几只桌椅外，什么仪器也没有。这件事激起了公愤，校长被撤职了。新来的校长显然遵照军阀阎锡山总部的指示，把赵树理和其他五个同学开除了，说他们是共产党。

那是1927年，蒋介石刚刚在上海同"赤党"决裂不久。那时在中国被指为共产党比今日在美国被指为共产党要可怕得多。赵树理根本没有见过共产党，也从未看过共产党的书籍，不知道什么叫"共产主义"，除了回老家，别无他途。

他种了一个时期的地，教过和尚识字，后来到一个小学任教，校长是个地主，也是当地的大债主。每星期总有三四个晚上，负债的农民拿着酒肉到学堂里请校长吃席，求他不要没收他们典出的土地。酒席有时要吃到凌晨三点钟，校长要到下午才能起来上课。教员们也颓丧起来，抽上了鸦片烟。

大约就在这一期间，赵树理的妻子死了，赵树理便回家料理丧事。丧事完后的第一天，军阀阎锡山的特务把他逮捕了，押送到省城太原，和一些学生一道，投入一座专门关押共产党的监狱。

狱吏对赵树理等人说，只要他们写出反共的文章，就可以获释。赵树理他们不知如何是好，因为他们谁都没有关于共产主义的起码知识。狱吏嘲讽地把几本共产党的小册子扔进牢房，说："喂，这就是共产主义。你们写文章批它吧！"

这简直等于扔给赵树理一把开启精神牢房的钥匙，虽然打不开通往自由的门，却打开了这个小伙子的心扉。他告诉我："共产党猛烈抨击中国封建旧社会，号召建立新社会，把我吸引住了。我正苦于不能解脱旧传统的羁绊，共产党的理论使我豁然开朗。"这位年轻的囚徒虽然在肌体上挨饿，但是在精神上却获得丰富的食粮。

经过长时间的审查后，赵树理获释了。他虽然从未见过共产党，但是由于残酷的折磨，由于读了狱吏给他的材料，他成了共产党的同情者。他很想找到有血有肉的真正的"赤匪"，可是一个也碰不到。他的思想渐渐地有些颓丧。

他找不到教书的工作，于是靠卖文章糊口。他给两家报纸的副刊投稿，每千字大洋一块钱。他的文章写的是饥一天饱一天的流浪汉，影射社会的恶劣环境。"我写我所熟悉的生活，"赵树理说，"可是我不能自由地说出来，我只能写得很隐晦。最苦恼的是，我维持不了生计。"其中一家报纸因为编辑写了一篇批评阎锡山的文章，被封闭了。赵树理无以为生，只好回农村老家了。他父亲对他的落魄很是生气，他回答道："这不能怪我。非得整个社会变了，咱们的家运才能好转，不然咱家就得穷下去。"

"我父亲根本就不理会我这一番话，"赵树理说，"他觉得我应该再娶个媳妇。而我对于个人的生活已毫无兴趣了，这样也好，那样也好，我都不在乎。可是家里需要个干家务活的。我自己并不操心这件事，就听任父亲张罗说亲。这种态度大概是听天由命吧，可是在那种旧社会里我只能采取这种态度。"

赵树理续弦不久，又离开了家，到达黄河南畔的开封，在朋友的书店里当店员。他希望这回能有个牢靠饭碗。可是，他来开封不久，蒋介石的官员们为了展宽街道，把书店拆了。赵树理只好又回家去。

这时，发生了一件西方人难以相信的奇事，但是，这种事对于生活在那个时代的中国人来说，却是相当典型的，并足以说明普通中国人某些行为的根源。赵树理在回家途中路过黄河大桥时，被警察拦住搜查行李卷，那里面包了一条毛巾、一只脸盆、一块肥皂和四块银元。通过了搜查之后，他继续赶路，在一个村店里停脚过夜。他躺下睡觉的时候，听见窗外有四个人在说只有会门中才用的黑话。这引动了他的好奇心，仔细一听，大吃一惊。只听一个人说，从开封来了个汉子，身上有四块大洋。他断定这帮人是土匪，一定是从警察那里得了他的情报。他怕被绑票，于是在床上躺了三天，抽着劣等的大烟，想显出穷酸的样子，免得土匪注意。

可是，他的行动还是引起了那四个人的怀疑，他们尾随他回到太原。赵树理被弄得很紧张。他到太原大学校园里的一个朋友处投宿。晚上，赵树理开始给朋友讲述自己的经历。突然，与邻屋隔开的墙上响起了重重的、严厉的敲击声，赵树理吓得闭上了嘴。以后的几天，只要他一开口想说，就有敲墙声。他想，准是那帮人觉得他发现了他们的一些秘密，所以警告他不要多嘴。

赵树理料定自己要惨遭不测，他对于自己悲惨的生命并不怎么留恋，但很不愿连累朋友，于是决定跑去自杀。这不仅对中国社会是一种极深刻的揭露，而且也说明赵树理当时无谓的轻生厌世思想。他对谁都没有说，就投入太原的湖中。

有人把他捞了上来，他在警察局里恢复了知觉，然后像一条挨过鞭打的狗似的回到朋友的住所。同蒋介石特务机关有勾结的帮会立刻在大学里散布谣言，说赵树理疯了，还诱使一家报纸刊登这种消息。学生们都嚷嚷起来，纷纷要求赵树理的朋友把"疯子"赶走。赵树理觉得自己在劫难逃，又想起自己过去的勿损人、只行善的宗教信条，便不去争辩。帮会派了一个人告诉赵树理的朋友，有个地方可以给赵树理治病，赵树理便顺从地跟那人走了。

那人把他带到一个偏僻的山沟里，那里有很多逃荒要饭的人和土匪，这个地方就叫"满洲坟"。土匪把赵树理安置在一个馒头师傅的家里。"这位师傅待人好极了，你跟他过会满意的。"他们说。师傅显得非常友好，专给赵树理做了馒头和烙饼。馒头和烙饼很好吃，可是有股怪味。没有几天，赵树理的牙床就出血了，他断定人家给他下了砒霜。"他们用了一种药来减弱毒性，"赵树理说，"他们想慢慢毒死我，这样可以不留痕迹。"他每次吃一块怪味烙饼，师傅就在本子上记录一次。"好，好好地吃。"师傅总这么说，并带着怂恿的神情朝赵树理微笑。

土匪们有自己的黑话。他们要杀一个人，就说："闺女要出嫁了。"他们给赵树理吃毒药时，也用黑话说毒药的用量，如说"棉价一毛"或"麦价三毛"之类的话，表示每天在烙饼中的砒霜用量。

赵树理对活下去已不抱希望，他继续吃饼，日渐虚弱，但是什么话也不说。他那漠然处之的态度使土匪也感到惊奇。他们觉得犯不上把这种绝望的人杀掉。有一天，当他们转移巢穴的时候，就把他放了。

赵树理从满洲坟回来后，一个朋友给他在乡村师范学校找了个工作。这时正是日本侵华的前夕。在山西的知识分子中，爱国情绪十分高涨。可是阎锡山不允许示威，也不允许任何公开的反日宣传。这回，赵树理感到自己对中国社会统治者的义愤有了真正的理由，而且还找到志同道合者。每天下午，他和两个教员都把校园大门锁上，举行违禁的反日会议。

日本入侵中国后，赵树理参加了薄一波组织的牺牲同盟会，上了山。不久，他孤身一人在农村里，阎锡山的县官都跑光了。他决定自己当县官，可是上任头三天他就发现自己不过是个光杆司令，老百姓都逃到森林和山洞里藏起来了。蒋介石溃兵的掳掠行为，吓得人们不敢回家。赵树理硬着头皮来到士兵中间，这些士兵正在乱挖老乡埋藏的粮食。他们恨不得把逃走的农民抓来杀光。他劝士兵不要毁坏家具当柴烧，不要搜粮食。他说得很和气，用了一些格言成语，可是心里却很紧张。他说："你们要是能这样做，老百姓就会回来，给你们弄粮食。"赵树理用这种办法使士兵和老百姓和解了，也忘却了个人的烦恼。

他成了游击队的干部，游荡了两年，最后同八路军建立了联系，开始搞宣传写作工作。他喜欢这个工作，因为这使他有机会告诉士兵和老百姓要和睦相处；他喜欢八路军，因为在他看来，八路军亲近穷人，接近他自己的生活。1940年，八路军办了一个报纸，赵树理参加了编辑工作。由于日军的进攻，编辑部分成两部分。一连四年，赵树理总是在流动，一会儿写文章，一会儿打仗，但是他并未感到像过去做"文丐"那样低人一等。抗日战争将近结束时，他有了较多的时间，开始为报纸的副刊创作短篇小说。他的一篇小说叫《小二黑结婚》受到了边区政府的重视。这篇小说写的是一对青年男女为了婚姻自由而与父母、与全村作斗争的故事。边区政府把这篇小说印成单行本发行。这是赵树理创作道路的开端，他在一年的时间内又写了六七本书和几个剧本。他从此名扬解放区以至蒋管区。在蒋管区的著名作家如郭沫若、茅盾等，把他誉为新文学的魁首。

赵树理并没有从销售他的书中得到版税。我觉得他的生活并不比过去好多少，我把这个意思告诉了他。他觉得好笑。"你知道在中国'文丐'是什么意思吗？抗战前，自己不掏点钱，书就没法出版。中国大多数作家是付钱给出版商，而不是出版商付钱给作家。没钱就别想出书。关于群众运动的书就更不能出了。而现在，我想写的东西，政府就帮助出版。再说，在这种时候，我赚钱干什么？有志愿战士，就有志愿文化人。正因为如此，我为人民创作完全是出于自愿的。"

"不过我的物质生活还是比从前好多了。除了写作，我还在边区出版社当编辑。我们有自己的生产组织，能纺纱织布，能种地。大家共同劳动，共同分享劳动果实。出版社每天发我一斤半小米，半斤菜；还给我一些医药费，因为我身体不好。我每年领一套棉服，一套单衣。抗战前，我只有一条薄毯子，几件单衣，所以我总是受冻。过去我从来没有烤过火，现在我有炭烧。出版社还给我钱，供我女儿上学。我老婆能种菜，每个星期还能做一双鞋。她用五百块钱买做鞋的材料，做成鞋可卖到两千块钱。这种生产在抗战前是搞不成的，因为日本的便宜货把我们挤掉了。我现在简直没什么负担了，可以更自由地从事写作了。"

不过赵树理并不幻想要做个大作家，他也不想把所有的精力都用于写作，那样会使他脱离人民的。"我应该投入社会生活，"他说，"我要跟上革命的各个阶段。现在最重要的事情是土地改革，以后大概就是搞工业化。我们将来要组织合作社，需要美国的机器，所以我想去美国看看。我很想写重大的题材，也许内战结束后，我可以安顿下来专心专意写它一阵子。不过我决不愿完全脱离人民。"

"也许，"他说，"有人会觉得我的书没啥意思。抗战前，作家们写的是小资产阶级的爱情故事。这种作家对于描写在我们的农民中所进行的革命是不感兴趣的。我若请这种人写政治性的书，他们就很不高兴，觉得受了拘束。可是我是在农村长大的，我在这里一点也不感到拘束。我想写什么就写什么。而从前我却办不到。

"从我为农民写作以来，我写小说，写剧本。过去，我使用的语言和现在不一样，我的东西只有少数知识分子看。后来我想到，农民能看到的书尽是些极端反动的书，这些书向农民宣扬崇拜偶像，敬鬼神，宣扬迷信，使农民听凭巫婆的摆弄。我想，我应该向农民灌输新知识，同时又使他们有所娱乐，于是我就开始用农民的语言写作。我用词是有一定的标准的。我写一行字，就念给父母听，他们是农民，没有读过什么书。他们要是听不懂，我就修改。我还常去书店走走，了解买我的书的都是些什么样的人，这样我就能知道我是否有很多的读者。因为成千上万的农民都不识字，所以我就写能为他们演出的剧本。这样，从前只有少数知识分子看我的作品，现在连穷人都普遍能看到了。"

赵树理谈到自己的写作技巧时说，他不喜欢在作品里只写一个中心人物，他喜欢描写整个村子、整个时代。他笔下的人物是他所了解的许多人的综合体。为了发现这样的人物，他下乡与农民一同生活，一同在地里劳动，并参加他们的合作社，在"土改"中同他们并肩斗争。

我翻译了赵树理的三本书。第一本是写农村选举的，第二本是写婚姻自由的，第三本是写一个乡村的战时生活的。他的第四部书名为《福贵》，写一个二流子在"土改"运动中变成了好人。这是托尔斯泰式的赎罪故事，从中也可以看到赵树理早年所受宗教教育的痕迹。不过已不是上帝改造人，而是革命改造人了。

说实话，我对赵树理的书感到失望。有人说，他的书如果翻译成外文，就会使他成为一个闻名世界的大文学家。我不同意这一点。他的书倒不是单纯的宣传文章，其中也没有多提共产党。他对乡村生活的描写是生动的，讽刺是辛辣的。他写出的诗歌是独具一格的，笔下的某些人物也颇有风趣。可是，他对于故事情节只是进行白描，人物常常是贴上姓名标签的苍白模型，不具特色，性格得不到充分的展开。最大的缺点是，作品中所描写的都是些事件的梗概，而不是实在的感受。我亲身看到，整个中国农村为激情所震撼，而赵树理的作品中却没有反映出来。

不过，若是用西方的文艺批评标准来衡量一位中国作家，也未免太学究气了，尤其是这位作家不仅进行写作，而且还当编辑，干农活，参加"土改"以及形形色色的运动。我想，等战争结束后，赵树理有了更多的时间，就能写出重要的作品，甚至能写出西方读者也感兴趣的作品来。

（邱应觉等译）

［选自《赵树理研究文集》（下卷），陈荒煤等著，中国文联出版公司，1996年8月第1版］

共产党中国的小说家——赵树理（节选）

[美] 西里尔·贝契

　　1943年5月，在中国西北部共区发表了一篇名为《小二黑结婚》的短篇小说。现在回顾起来，这是文艺与政治两方面的，具有现代历史意义的大事。的确，尽管会有人激烈地反对把马克思主义的文学思想作为一种有用的、阶级斗争中必不可少的武器，但是要把中国近四十年来的文学与政治背景分割开是不可能的。

　　……①

　　接着，《小二黑结婚》发表了，人们高兴地读着它：这就是回答，这就是令人满意的文学。他们大声地读给农民听，农民们欢迎它的那种激动情绪，就像一个女人在电视中看到了自

---

① 此处删去讲述延安文艺座谈会的一段。

己的丈夫一样。小说中的人物，就是他们自己的儿女和熟悉的人，他们被带进对他们来说全都很熟悉的情节中。作品中有个老巫婆，靠装扮成算命的周游各村生活。她的名字叫"三仙姑"（这里很难将意思译得十分明白，就像迪伦·托马斯的《奶树林下》中的人物①）：

> 一天，金旺他爹到三仙姑那里问病，三仙姑坐在香案后唱，金旺他爹跪在香案前听。小芹那年才九岁，晌午做捞饭，把米下进锅里了，听见她娘哼哼得很中听，站在桌前听了一会，把做饭也忘了。一会，金旺他爹出去小便，三仙姑趁空子向小芹说："快去捞饭！米烂了！"这句话却不料就叫金旺他爹听见，回去就传开了。后来有些好玩笑的人，见了三仙姑就故意问别人"米烂了没有？"。

这是一个婚姻自由选择权取得胜利的快活的故事。每一个热恋中的小伙子都可比做小二黑，他的女朋友也可是村里人人都爱的姑娘：

> 小二黑，是二诸葛的二小子，有一次反扫荡打死过两个敌人，曾得到特等射手的奖励。说到他的漂亮，那不只在刘家峧有名，每年正月扮故事，不论去到哪一村，妇女们的眼睛都跟着他转。

---

① 迪伦·托马斯（1914—1953），英国诗人。《奶树林下》是广播剧，发表于1954年。

作品用一套同样的方法描绘了小芹，就像是农民在说话。这里不是采用一首文言诗具体描绘她每一魅人的部分，而是通过乡亲们的眼睛来表现她是个特别受宠爱的姑娘：

> 小芹今年十八了，村里的轻薄人说，比她娘年轻时候好得多。青年小伙子们，有事没事，总想跟小芹说句话。小芹去洗衣服，马上青年们也都去洗；小芹上树采野菜，马上青年们也都去采。

小说中有两个反面人物典型。一个是三仙姑（小芹的妈妈），另一个是二诸葛。后者是小二黑的爸爸，一个狡猾的老头（"诸葛亮"本是三国时期最伟大的战略家）。他们两人都是满脑子迷信思想的农民，落后，但在本质上并无恶意。这个道德寓言的作用在于告诉人们，这样的典型人物也还能够接受再教育（在此，"人物性格的发展"直接符合了政治上的需要）：最初，他们是设置在那对自由恋爱的年轻情人中间的障碍，而后，把他们放进进步思想的舆论压力之下，最终，以他们给予这对年轻人祝福而结束。

小说对两个更危险的反面人物典型的处理，则大不相同。他们是年轻富有的恶霸的典型。金旺想占有小芹，他滥用权力，企图将她弄到手。他们是阶级敌人，是和日本侵略者及其与之勾结的国民党画等号的。由于共产党地方官员的介入（在这对情人请求政府批准结婚后），他们的阴谋被揭露出来，并且受到了惩罚。对于这种阶级敌人，作品就没给挽回的余地。

　　这不是一部雄心勃勃的作品，但它却用质朴的描述，成为一篇令人满意的坦率的小说，作者显示出他是一位表现细腻的小说家。剧中人依次被介绍出来，把人们带到这对情人的一个又一个的困境之中。先是写为小二黑订了个童养媳，然后是把小芹许给一个老头子，年轻的恶霸又策划着捆绑了这对情人。这样，一步一步地接近结局，直到最后人物依次从舞台上退场（戏剧中的隐喻是一目了然的）。

　　小说的写作风格类似那种精心推敲出来的简单性。文字的省约和精炼使人想到鲁迅。鲁迅在一篇文章中谈到自己是如何在开始写作时形成通俗的风格。这篇文章写于反对文言文的文学革命早期。他谈到他所记下的字，都是以前说话中常用来说明事情的，通过把它们记下来，再删去与表达思想无大必要的每个字。《小二黑结婚》的语言，很像一个老农用简洁、平淡的口吻讲出来的故事，而不是学院派们那种拘谨地修改出来的文章。这一风格形成了一种书面汉语，抓住了口语的节奏，而这一点恰是前面所提到的，提倡"大众语"的那些年里未能取得成功的。它有力而又流畅，朴实而又精确，直接继承了优秀的古代通俗小说的语言。因此这语言不仅仅是美的，同时因为民族情感的原因，也适应了时代的特征。

　　在这篇小说的题目下，印出了赵树理的名字。赵树理突然地、戏剧性地走红，我们可以想到，当时许多探访他的人，能从那些与他共享荣誉的朋友们的回想中了解到什么情况。在允许"英雄崇拜"和极力要树立一个"新民主主义作家"典型的时候，赵树理始终作为一个人民的真正的作家出现。他用农民的语言，写出农民生活的故事，因为他就是一个农民，他自身就具备了中国特有的语言。作家茅盾（战前主要从事长篇小说创作，现在是文化部部长）评价他道："他笔下的农民是地道的农民，不是穿上农民服装的知识分子。"赵树理用他的家庭成员、亲戚、邻居作为他小说中的人物。他亲口告诉人们："二诸葛就是我父亲的缩影。"他这样描写他的家庭："是在高利贷压迫之下由中农变为贫农的。"这个说法来自马克思主义的教科书，但也可能这些都是真的，因为他对土地改革问题的热情，不仅仅出于理论的原因，而且是出于实际的根本原因。

当《小二黑结婚》发表时，赵树理是一家专门发行到日占区去的通俗小报《中国人》的编辑。这份报纸几乎是他一个人的事业。除写社论外，为了使每期小报充满活力，他还要写小说、诗歌、戏剧、奇闻轶事，并要画插图，甚至还要亲自排版。他得到同事们和山西地区人民的爱戴。他为人愉快，爱说笑话，爱唱歌并且爱拉琴，却因为太穷（他忠于共产主义禁欲生活的传统），连一把琴都买不起。

彭德怀在读了赵树理的小说之后给予称赞，彭德怀后来是中国人民解放军的总司令。《小二黑结婚》仅在山西当地的书摊上就卖出三四千册。由它改编的民族歌剧的演出，遍及解放区各地。

《小二黑结婚》发表六个月之后，赵树理又发表了一篇小说《李有才板话》。无论成功或失败，他总是以通俗短篇小说的形式写作的作家：

抗战以来，阎家山有许多变化，李有才也就跟着这些

变化作了些新快板，还因为作快板遭过难。我想把这些变
化谈一谈，把他在这些变化中作的快板也抄他几段，给大
家看看解个闷，结果就写成这本小书。

这段话紧接在描写村庄与社会状况的开场白之后，那是写
得简单而有力的杰作。在这里赵树理把自己放进角色中去直接
与读者相接触。在这篇描写土地改革的小说中，作者向阎家山
的人民提出了这一问题。他把《小二黑结婚》的幽默和这篇反
映地主制的小说的洞察力结合起来（这篇小说后，他又以此题
材，写了长篇小说《李家庄的变迁》）。李有才这个人物，并
不是参加到残暴的地主与毫无经验的共产党干部之间的斗争中
的一个主力（"干部"——后来的干部是在最初斗争失败后，
来帮助工作的很有能力的县农会主席）。他是个乡间编快板的
艺人。由于他辛辣地讽刺了地主在土地再分配的丈地中的欺诈
行为，被赶出了村子。后来，他被县农会主席找回，作了一连
串的新快板，揭露年轻的土改干部和他的助手是怎样受地主欺
骗的。

关于这篇小说的中心人物，编快板艺人，是用了一个生动
的象征手法。他是人民的代言人：通过他，迫使新的当局注意
到错误的东西；通过他，使事实真相大白；也通过他，作为把
农民组织起来的工具；还通过他的快板的传播，邀请穷人加入
农业委员会（因为它是可靠的、民主的）。他的快板不让压
迫者们看，他们听不到他的快板，因为他们不算是人民的一
分子。

上述的这些快板本身说明赵树理的技巧精湛，具有民间诗

歌真正的韵律，是地道的，诙谐的。下面的这首打油诗，很大程度上失去了原有的效果，但是李有才对永久作为村长的地主的讽刺，给人留下了深刻的印象：

> 村长阎恒元，一手遮住天，
> 自从有村长，一当十几年。
> 年年要投票，嘴说是改选，
> 选来又选去，还是阎恒元。
> 不如弄块板，刻个大名片，
> 每逢要投票，大家按一按，
> 人人省得写，年年不用换，
> 用它百把年，保管用不烂。

李有才这个人物是道德寓言中的一个普通的形象。还有凶恶的老地主，不了解地方情况毫无经验的干部，在改选时当上了干部，就被地主腐化拉拢的村民一，胆小怕事的村民二，地主狗腿子的村民三，正直而又热情的村民四等，最后是县里来的老手——在紧要关头突然出现的扭转局面的人物，把一切都拨乱反正。他们都是普通的人物，但又绝不是上百个"土改"故事中那些重复出现的类型。他们是有个性的，被丰富的想象力创造出来的。虽然直到最后，地主凶恶的本性没有变化，但至少使人感到他的头脑远在大多数他那一类人之上。他在丈地时的诡计实在老奸巨猾，对社会，他始终持讥讽态度：当老干部老杨进村后，坚持要到老百姓家里去吃饭时，这个老地主就说："把他派到一个最穷的家。""两顿糠吃过来，你怕他不再找你想办法了？"

赵树理尝试着写过一部规模巨大的长篇小说《李家庄的变迁》，但是他失败了。迄今为止，他没有再出现过类似情况。《李家庄的变迁》得到茅盾、周扬和其他评论家的称赞，这是因为作品的思想体系符合了他们的准则，但他们恰恰很难找出文学上的价值来赞扬他。当抗日战争结束时，赵树理在回到他山西老家农村后，写出了《李家庄的变迁》，小说中的人物张铁锁回到家乡就是根据作者这一经历而写的。1940年，甚至从更早些时候起，日军、国民党伪军、共产党还有军阀阎锡山的队伍，一直在这个村子里进进出出。悲惨年代中的所见所闻，深深地打动了赵树理，他把这个村子从1928年到1946年的这段历史，用小说的形式表现出来。但是他的激情太原始了，他的家乡受折磨而痛苦抽搐着的情景，始终浮现在他的眼前。在这个残酷的故事里，没有了李有才的明智，当然更谈不上什么幽默了。李家庄的地主，在国民党被迫与共产党合作期间，他一旦有安全的把握，立刻就反对共产党。当反动派反扑时，对共产党剁手的剁手，剜眼的剜眼，杀得庙里满地的血，还有一个干部被活埋了。人们在村子解放后回来报了仇。虽然书中的共产党不同意这种行为，但他们不得不考虑人们澎湃的愤怒情绪。

当然，这里不是说这是一部很差的小说。但是，赵树理在写这部长篇小说时，没有抓住自己的特殊技巧。小说的情节是急剧变化的、不连贯的，没有统一性。张铁锁本来是小说的中心人物，可是正当他开始成为活的人的时候，小说却给他安排了一个出走的情节。在人物性格方面，他作为一个愚昧的、满肚子冤屈无依无靠的农民退场，再出现时却成为一名热情、有能力的干部了，可能会有人说这是性格"发展了"，那么，张铁锁就是这部小说中唯一的性格得到发展的人物。

《福贵》是一篇苦心磨出的，主题雄心勃勃的臃肿的小说，可以说是人才可悲的浪费，少用几句话就可以得到《福贵》现有的效果。……①

1949年，赵树理到了北京。他写出了最好的小说《传家宝》。小说的主题仍是在新制度下能够取得自由解放，但这次他不再写地主佃农，而是转向写妇女的地位问题。小说描写了一个具有传统观念的农村妇女与她的年轻进步的儿媳妇之间的矛盾，以此来阐明他的主题。这位婆婆得意地自夸一生中从不买鞋买衣服穿，她对儿媳妇金桂"不像女人样"和"铺张浪费"十分愤怒。金桂是个劳动英雄，又被选为村干部。她到地里去干男人干的活儿，挣的是高工资，因此用她努力得到的成果为自己"不像女人样"辩护，并把"铺张浪费"解释为生活水平提高了。但是矛盾一直在发展，争端的真正要害变得很清楚，这就是家庭的领导权。由于婆婆的非难，金桂很恼怒，她交出了财权。当这位婆婆在新的纸币、互助组等问题面前束手无策时，只得开了恩，向儿媳妇交还了全部权力，她保持着自己当婆婆的尊严，回头去做她的针线活了。

这篇小说的题材，必然引起妇女杂志的评论。在当时的社会背景里，无论如何，《传家宝》的确是一篇有价值的作品。小说在对婆婆的处理上，是抱有同情的。她的价值天平定得很

_____

① 以下删去一小段引文。

准确，这在旧的社会制度下是完全正确的。"传家宝"正是像赵树理经常为了达到象征的目的，而采用普通的东西表现出来：一口又破又旧的黑箱子，里面装满了针头线脑和各种零碎布片。这个传家宝，是这位婆婆从她妈妈手中接过来的，她希望能依次地传下去，传给她的儿媳妇；但金桂却摆脱了"女人的专业"这一陈旧而单调的工作，所以完全用不着它。

虽然赵树理的小说全部写于共产党政权建立之后，最初是在解放区，后来是在全国解放后，但是他的大量的素材取自旧时代。他永恒的主题是谴责旧制度，仅在一篇小说的结尾，我们看到了隐约闪现的新制度，群众大会、胜利的炫耀……

赵树理的作品之作用在于暴露旧制度的邪恶。近来，评论家们认为，"暴露文学"将告一段落，已开始鼓吹"歌颂文学"。是否再能看到赵树理有好的作品问世，人们倾注了极大的兴趣。

（彭小芩 译）

（选自《赵树理研究资料》，黄修已编，知识产权出版社，
2010年1月第1版）

赵树理创作年表

1929年

《悔》（短篇小说），署名赵树礼，《自新》月刊第5期，1929年11月。

1930年

《白马的故事》（散文），署名赵树礼，《自新月刊》第7期，1930年1月。

1933年

《金字》（短篇小说），《山西党讯副刊》（未见原件，存疑），1933年冬。

《有个人》（短篇小说），署名尚在，《山西党讯副刊》，1933年12月。

《铁牛的复职》（短篇小说），（失传），《山西大风报》。

1934年

《糊涂县长》（短篇小说），署名黑丑，《山西党讯副刊》，1934年4月1—3日。

《到任的第一天》（短篇小说），署名何化鲁，《山西党讯副刊》，1934年8月13日。

《忧心的日子》（短篇小说），署名孔仰圣，《山西党讯副刊》，1934年12月14日。

1935年

《盘龙峪》（第一章，长篇小说，未完成），署名野小，《中国文化建设协会山西分会月刊》第1卷第2期（2月16日出版）、第3期（3月16日出版）、第4期（4月16日出版）连载。

1936年

《过差》（短篇小说），署名白痴，《山西党讯副刊》，1936年2月10日。

《打倒汉奸》（短篇小说），署名常裁，作于1936年12月12日，载《太原日报·文学专刊·开展》，1937年1月14日、21日连载。

1939年

《韩玉娥》（新编历史剧），当时有石印本供剧团演出使用，收《赵树理全集》第1卷，大众文艺出版社2006年版162—186页。

《邺宫图》（新编历史剧），当时有石印本供剧团演出使用，收《赵树理全集》第1卷，大众文艺出版社2006年版187—218页。

1942年

《万象楼》（上党梆子、上党落子剧本），当时有单行本供地方剧团演出，后收入《赵树理全集》第2卷，大众文艺出版社2006年版141—170页。

（1939—1942年间有通俗小小说《假关公》等40余篇发表，不再细列。）

1943年

《小二黑结婚》（短篇小说），1943年5月作，华北新华书店9月出版。

《李有才板话》（中篇小说），1943年10月作，华北新华书店12月出版。

《两个世界》（话剧剧本），1943年12月作，华北新华书店1944年1月出版，列《晋冀鲁豫编曲文艺创作小丛书》。

1944年

《来来往往》（短篇小说），《新华日报》，1944年1月13日。

《孟祥英翻身》（短篇小说），1944年12月作，华北新华书店1945年3月出版。

1945年

《李家庄的变迁》（长篇小说），1945年秋冬作，华北新华书店1946年1月出版。

《地板》（短篇小说），1945年底作，《文艺杂志》（太行区）1卷2期，1946年4月1日。

1946年

《催粮差》（短篇小说），《新文艺》3期，太岳新华书店1946年8月1日出版。

《福贵》（短篇小说），1946年8月31日作，《太岳文艺》创刊号，1946年10月1日。

1947年

《刘二和与王继圣》（中篇小说，未完成），《新大众》半月刊第34—39期（1947年2月1日—7月1日），登完前三章。

《小经理》（短篇小说），《人民日报》（晋冀鲁豫），1947年7月1日。

1948年

《邪不压正》（中篇小说），《人民日报》，1948年10月13日、16日、19日、22日连载。

1949年

《传家宝》（短篇小说），《人民日报》，1949年4月19—21日连载。

《田寡妇看瓜》（短篇小说），《大众日报》1949年5月14日。

1950年

《石不烂赶车》（鼓词），《说说唱唱》创刊号，1950年1月20日，第2期1950年2月20日。

《登记》（短篇小说），《说说唱唱》第6期，1950年6月5日。

1951年

《表明态度》（电影故事），1951年5月初稿，1956年7月改编，载《文艺学习》1956年第6期。

1954年

《求雨》（短篇小说），《人民文学》1954年10月号。

1955年

《三里湾》（长篇小说），《人民文学》1955年第1—4号，通俗读物出版社1955年5月出版。

1956年

《自传》（手稿），收入《赵树理全集》第4卷，大众文艺出版社2006年版404—409页。

1958年

《灵泉洞》（上）（长篇小说），《曲艺》1958年8—11期连载，作家出版社1959年2月出版。

《锻炼锻炼》（短篇小说），《火花》，1958年8月号。

1959年

《老定额》（短篇小说），《人民日报》，1959年9月11日。

1960年

《套不住的手》（短篇小说），《人民文学》，1960年11月号。

《三复集》（散文、杂谈、评论集），作家出版社1960年7月出版。

1961年

《实干家潘永福》（传记小说），《人民文学》，1961年第4期。

《三关排宴》（上党梆子剧本），《电影文学》，1961年9月号。

1962年

《杨老太爷》，《解放军文艺》，1962年第2期。

《张来兴》，《人民日报》1962年5月19日。

《互作鉴定》，《人民文学》1962年第10期。

1964年

《卖烟叶》（短篇小说），《人民文学》1964年第1期、第3期。

《十里店》（剧本），《人民文学》1978年5月号。

1966年

《焦裕禄》（上党梆子剧本，前三幕），1966年5月作，收《赵树理全集》第6卷，大众文艺出版社2006年版427–449页。

《回忆历史认识自己》（"文革"初期检查），1966年末作，收《赵树理全集》第6卷，大众文艺出版社2006年版464–483页。

百年中篇典藏

林贤治 主编